それもまたちいさな光

角田光代

文藝春秋

目次

それもまたちいさな光

1

おはようございます、モーニングサンシャイン、ナビゲーターの竜胆美帆子《りんどうみほこ》が十時をお知らせいたします。昨日はずいぶんあたたかかったので、このまま春に向かって一直線かと思いきや、今朝はまた、寒かったですねえ。こたつをしまったことを思わず後悔してしまいました。でも、こういうことって多いですよね。もう夏掛けは使わないな、と思って仕舞うと暑さがぶりかえす。もうコートはクリーニングに出していいなと思って出すと、寒さがぶり返す。なんていうか不思議な現象ですよねえ。

それにしても、こたつってへんな道具だと思いませんか。入ると自動的に眠くなるし、靴下を入れておくと異様に臭くなるし。でも、ストーブつきの箱みたいなものですよね。あんなもの、よく思いついた人がいますよねえ。

今日のテーマは独自の防寒法です。みなさん、この冬、どんな工夫で寒さを乗りきったでしょうか。さっきいただいたファクスでは小走り防寒っていうのがありましたよ、ずーっと小走りでうごくんですって。疲れそうですけど、ダイエットにはいいかもしれませんよね。

ラジオの音声を聴くともなく聴きながら、悠木《ゆうき》仁絵《ひとえ》はコーヒーメーカーをセットする。ごぽごぽとちいさいわりに響く音をたてて、コーヒーが落ちてくる。採用試験の際には、勤務時間は十時から六時と明記されていたが、今、十時ちょうどにくる人もいないし、六時に帰る人もいない。けれど仁絵は、事務所にだれもいないこの時間が好きで、十時十五分前にはかならず事務所に到着し、カーテンを開け、かんたんに片づけ、ラジオをつけてコーヒーメーカーをセットする。

自分の席に戻り、パソコンを立ち上げる。メールをチェックし、いくつか事務的な返信を送る。田河《たがわ》珠子《たまこ》からメールがきていた。秋の、初の海外での展覧会が決まったと、手書き文字でもないのに、フォントの端々からよろこびがあふれ出ているような文章で書かれている。

「やったじゃん」思わず声を出して、言う。

もし、近々時間あったら飲みにいかない？　とメールにあった。

いくいく、お祝いしよう！　今週末でもいいし、来週水曜以降ならいつでも平気。でも早いほうがいいから、今週末にしない？

と、早速返事を書きながら、でもな、と仁絵は思う。

こうやってわくわくと日時を決めても、何かあればすぐ、ドタキャンになっちゃうんだよな。

何か、っていうか、あれだけど。野島恭臣《のじまやすおみ》しかないけど。

日にちも決めて、店も予約しておいたって、その日、野島恭臣から、ひま？　とかいうメールがくれば、珠子は平気でこっちをキャンセルして、ひまひまひま、と犬みたいにしっぽを振ってついていってしまうのだ。まだキャンセルされたわけでもないのに、すでにそうなることが決まったような気持ちで仁絵は送信ボタンを押す。

それにしても海外での展覧会か。そそっかしい珠子は場所を書いていなかった。ベルリンかな、ロンドンだろうか、それともニューヨーク？　すごいなあ、珠子は。

仁絵と珠子は、美術大学の同級生だった。二人ともデザイン学科で、仁絵は広告伝達コース、珠子は表現芸術コースを選択していた。大学は郊外にあって、都心に出るのに一時間近くかかった。公園で酔っぱらって野宿をしたり、近隣の動物園に深夜忍びこんだり、馬鹿なことをするのに夢中になっていて、だれがだれより才能があるとか、だれはきっと世に出るとか、そんなことを仁絵は考えたことがなかった。

卒業してこのデザイン事務所に勤めはじめ、三年、四年とたつと、活躍をはじめる同級生たちの名がいろんなところで見られるようになって、それでもやっぱり嫉妬も羨望も感じなかったのは、そういうものを大学生活で得なかったからだろうと仁絵はときどき考えた。もちろん、自分の居場所が気に入っているせいもある。高校生のときからあこがれていたイラストレーターの事務所で働いているのだから。

卒業してからフリーランスを通し、三十歳になるまでちいさなユニットバスつきワンルームマンションに暮らしていた珠子が、二年前にある広告を手がけたことがきっかけで、急に業界にも世間にも名前を知られるようになったときも、仁絵はやっぱり、うらやましいとかくやしいとか思わず、ただただ、すごいすごい、と思っていた。事務所でともに働く香菜は、デザイナーとして早く独り立ちしたいといつも言っているし、ここに出入りする編集者の何人かは、悠木さんももっと売り込んだらどうかと言ってくるが、仁絵はそうした野心も野望も持っていないのだった。この、居心地のいい職場で、毎朝いちばんに到着し、コーヒーを飲みながらラジオを聴き、ずっとあこがれていて、今もファンであるところの岸井ノブオ事務所で働いていられればいいと思っている。

春といえば、山菜ですよねえ。私以前取材でお邪魔した宿で、鮎の宝蒸しっていうお料理をいただいたことがあるんです、鮎のね、おなかに山菜を詰めて蒸したお料理で、これがまあ、たまらなくおいしくてですね、きりーっとした日本酒にこれがまた合うのなんのって……そうですね、朝っぱらからお酒の話なんてすみませんねえ。それじゃあ、曲かけましょうか、曲。えーと、富山県ツグミさんからのリクエストです、どうぞお聴きください。

あっ、先ほどは失礼しました、鮎じゃなくてヤマメでした。鮎は夏の魚ですね、それじゃ、曲のほう、どうぞ。

それにしても、毎朝よくこんなどうでもいいことをぺらぺらとしゃべれるものだなあと、仁絵はラジオに耳を傾けて感心する。この「モーニングサンシャイン」は月曜日から土曜日の午前八時から十一時までやっている。平日の十時からしかラジオをつけない仁絵は、自分がラジオをつける前にこのラジオパーソナリティが何を話しているのかは知らない。もしずっと、この調子でどうでもいい話をえんえんしているとしたら、いろんな意味ですごいな、と思う。そんなことを思いながら毎朝局を変えないのは、このどうでもよさが心地よいからだった。

十時十五分過ぎ。野山香菜がやってきて、その十分後、国枝寛がやってくる。事務所のスタッフはこれで全員。十時半を過ぎるころには電話も鳴りはじめ、ファクスも届きはじめ、宅配業者がインターホンを鳴らしはじめる。数十分前の静けさはあとかたもなく消え、未だどうでもいいことを話しているパーソナリティの声も、音量をちいさくしたわけでもないのにかき消えていく。十一時過ぎ、たいてい二日酔い状態で岸井ノブオがあらわれて、うぃーす、と低い声で挨拶をして、奥の部屋に引っ込む。

パソコンで作業をしていた仁絵は、メールチェックをし、

「今週末にしよう、土曜日はどう？　こないだみんなでいったイタリア料理にしようか、

ヒトちゃんがいきたいところあったらそこでもいいよ」

という、珠子のメールを受け取る。

「ランチ、仁絵さんどうしますか」香菜が訊き、

「おれ、買ってきましょうか」コピー機の前に立っていた国枝寛がふりかえる。

そろそろ雄大《ゆうだい》の店もオープンだなと、時計を見てちらりと仁絵は思う。思ったそばから、なんでそんなことを思ったのかと自分を責めるように思いなおす。

「プルコギ弁当とかどうすかね、韓国料理屋が出しはじめたんですよ、弁当」

「ビビンパ弁当もあるかな」香菜が言い、

「ユッケジャン弁当は？」仁絵が言い、

「ユッケジャンはどうすかねえ、汁物はむずかしいんじゃないんすか、弁当として」寛が首をかしげる。

「なあー、ラーメン食べにいかない？」奥の部屋から岸井ノブオが声を出し、

「あ、ラーメンいいかも」香菜がぱんと両手で膝を打つ。

ラジオパーソナリティの朝の会話のようだと仁絵は思う。毎日昼近くにみんなどうでもいいことをひとしきり言い合って、ときにいっしょに食事にいき、ときにそれぞれひとりで食べ、そしてまた、仕事を再開する。こういうどうでもいいことのくり返しに倦む人もきっといるんだろうなと思いながら、仁絵は昼休み用のエコバッグに財布と携帯とハンカチを入れる。

七時前にはひととおり仕事が片づき、帰り支度をはじめる。寛は出版社に使いにいっていて、香菜は少し前に帰った。奥の部屋で仕事をしている岸井ノブオに「お先に失礼しまーす」と声をかけ、仁絵は事務所をあとにする。

まだ肌寒いが、夜気にはたしかに春のにおいがまじっている。どこか甘いような、やわらかいにおいだ。駅までの道はこれから飲みにいくのだろう人たちがあふれている。学生たち、仕事帰りらしい男女混合グループ。夕飯どうしようかなあ。歩きながら仁絵は考える。冷蔵庫に何があったっけ。キャベツとにんじん。買いものをして作るのも面倒だ。

地下鉄を一度乗り換えた町に仁絵は住んでいる。住まいから事務所までは三十分弱。

地上に出て、そろそろシャッターを閉める店の多い商店街を歩きながら、どこにいこうか考える。この町にはいくつか、ひとりで入ることのできる店がある。店主も常連客も話しかけてこない静かな店ばかりだ。

商店街を逸れたところにあるバーにいくことに決めて、そちらに向けて歩き出す。鞄のなかでマナーモードにしてある携帯電話が震え、歩きながらチェックすると、メールが受信されていた。駒場《こまば》雄大からである。

週末、てか土曜、ひま？

と、短い。

約束入れてある。なんで？

短く返す。バーに入ってカウンターに座ると、返信がきた。

いや、時間空いたんで飯でもどうかと思ったけど、じゃ、いいや。

仁絵はその文字を二回読んで、携帯をしまう。ビールと、牡蠣《かき》フライ、温野菜のサラダを注文する。テーブル席にスーツ姿の男が三人座り、カウンターの隅にカップルが一組座っている。もう一度携帯電話を出して、雄大からのメールを読む。

タイミング悪いやつ、と思う。

いや、悪いのか？　タイミングが悪いと思うということは、会いたいということになる。会いたいのに予定が入っていて会えない、ということだ。はて、会いたいのか。自問して、すぐに面倒になる。

仁絵の実家は都内にある。ひとり暮らしをしているこの町からは地下鉄を二度乗り換えて四十分。この町よりもっと活気づいた商店街があり、昼からやっている飲み屋が数軒あり、麻雀店と囲碁クラブがやけに多く、酔っぱらいも多いが子どもも多い、そんな町だ。仁絵の実家はその商店街でおもちゃ屋を営んでおり、雄大の家は斜め向かいで洋食屋を営んでいる。おもちゃ店は五年前に閉店し、今は店舗を携帯電話会社に貸している。ゆうきおもちゃ屋をやめた父親はスポーツクラブのプール監視員をしていて、母親は趣味の裁縫に燃えている。仁絵の兄は結婚して夫婦で関西に住んでいる。今年の秋に子どもが生まれるらしいと、ついこのあいだ仁絵は母親から知らされた。

雄大の実家、「クローバー」は未だ健在である。ぶらぶらして定職を持たなかった雄大が実家に戻ったのが、ゆうきおもちゃ店が閉店した五年前。三十歳を機に、というわかりやすい理由だろうと仁絵は思っている。それから雄大は父親に特訓を受け、調理師免許も取り、今では雄大が厨房にいる。二年前に新装開店し、こざっぱりと垢抜けた店になった。

つまるところ、雄大と仁絵は幼なじみである。保育園もいっしょ、小学校も中学もいっしょ、高校でようやく分かれたが、家が斜め前同士だから顔は合わせる。仲がいい、悪いなどと考えたこともないくらい近くにいるのが自然だったが、兄とそんなに話した記憶がないことを思えば、きっと雄大と自分は気が合ったのだろうと仁絵は思う。思春期になっても雄大にたいして「照れ」がなかった。だから仁絵は雄大にはなんでも話したし、雄大もたぶん、たいていのことを仁絵に話している。雄大の初体験がいつか、だから仁絵はかなり真実に近く推測することができるし、仁絵のはじめての恋人を雄大は知っている。

大学生になってはじめてあんまり会わなくなった。雄大は都内の大学に進んだが、大学のそばでひとり暮らしをはじめ、大学四年時には旅に出てしまい、一年ほど帰ってこなかった。結局大学は中退した。仁絵は就職を機に実家を出た。雄大は就職をせず、気ままに旅をしたりアルバイトをしたり落ち着かず、それでも連絡は取り合って、よくいっしょに安居酒屋で飲んではいたが、それも二十七歳までだった。あることがきっかけでほとんど連絡をとらなくなった。また軽口を交わすようになったのはこの数年だ。

しかしながら自分たちの今の関係が、仁絵にはよくわからない。昔と同じような、気の合う幼なじみなのか。それとももっと親しいあいだがらなのか。たとえば恋人といったような。

文庫本を読みながらサラダを食べ、牡蠣フライを食べ、ビールを白ワインに切り替える。文庫本の内容はいっこうに頭に入ってこない。気がつけばテーブル席はほとんど埋まっている。

こんなの馬鹿みたいだ、と仁絵は思う。中学生じゃあるまいし、私たちって恋人なの？　そうじゃないの？　なんて、三十代も半ばの人間が考えるようなことではない。まったくもって馬鹿馬鹿しい。

そう思いつつ、考えずにはいられない。そもそもぜんぶ雄大が悪い。三十五歳でどちらも独り身だったら結婚しようって約束したのを覚えているかと、急に言った雄大が悪い。覚えていないと仁絵が言うと、本当のことだ、そう約束したんだと雄大はなぜかムキになって言い、おれはそのつもりなんだけどなと、つぶやくようにつけ足した雄大が悪い。

次第にむかむかしてくる。ワインを飲み干し、仁絵はチョリソとジンリッキーを注文する。文庫本の、おなじ一行をくり返し読む。その一行の意味すら、うまく理解できない。

土曜日、珠子がドタキャンしてくれればいいのにと無意識に思っていることに気がついて、そう思った自分にもまた、仁絵は苛つく。

応接室での打ち合わせを終えると、岸井ノブオは奥の部屋に戻り、長谷鹿ノ子《はせかのこ》は「ちょっといーい」と台所に入ってきて、換気扇のスイッチを入れ、煙草に火をつける。

「べつに、応接室で吸ってもいいのに」

コーヒーカップを洗いながら仁絵が言うと、

「そりゃ岸井さんも吸うけどさ。だからって私までいっしょにってのもね」

毎度おなじ答えを鹿ノ子は返す。

長谷鹿ノ子は大手出版社に勤務する編集者だ。五年前までは女性誌にいたが、今は文芸出版部にいる。五十代の女性で、岸井ノブオとは二十年来のつきあいだという。岸井ノブオを訪ねてくる多くのクライアントや編集者は、仁絵たちスタッフと距離を縮めようとはしないが、鹿ノ子はそうではない。昼どきなら昼食に誘い、飲みに誘うこともある。香菜は鹿ノ子を苦手だと言って滅多につきあわないが、仁絵はさばけた鹿ノ子のことが好きで、幾度もいっしょに飲んでいる。鹿ノ子が独身で、妻帯者と長く恋愛していることも知っている。最初、鹿ノ子の話を聞いていた仁絵は、その妻帯者とはノブオのことだと思いこんでいた。だから鹿ノ子は自分たちスタッフに親切なのだし、酒席にも誘うのだし、自分のような年下の人間に洗いざらい話しているのだろうと思っていた。

違うと知ったのは鹿ノ子と飲むようになって一年もたったころだった。「岸井さんが私を相手になんかするはずがないじゃない」と鹿ノ子は笑い転げていた。

「どう、彼氏できた？」

換気扇の下で煙草を吸いながら、鹿ノ子は仁絵に訊く。挨拶みたいなものだ。恋人がいるときは「彼氏とうまくいっている？」だし、いないときは「彼氏できた？」だ。鹿ノ子のこういうところが、香菜は苦手らしい。

「いや、なんていうかね」あらたにコーヒーを落としながら仁絵は曖昧に笑う。三十五歳になって恋人がいなかったら結婚しようって約束したじゃないかと幼なじみに言われたと、少し前、ともに飲んだとき話したのだが、「ああ、よくあるそういう話」でまとめた鹿ノ子は忘れているか、まさによくあるどうでもいい話と処理したのだろうと仁絵は思う。

「なんていうか、なあに」いつもはさらりと終えるのに、今日はくいこんでくる。

「いや、べつにってことですよ。鹿ノ子さんはどうなんですか、彼氏と」

「どうもこうもないよねえ」鹿ノ子は笑う。

コーヒーを二人ぶん入れて、台所で立ったまま鹿ノ子と飲む。電話が鳴り、寛が応答しているのが聞こえる。

「私、結婚しないで人生終えるのかなあ」

煙草の煙を吐き出しながらひとりごとのように鹿ノ子が言い、仁絵はぎょっとする。

「なんですか、いきなり人生なんて」

「いや、五十過ぎてからよく思うんだよねえ。人生これでよかったのか、とか、人生で何か意味あることを成したか、とかね」

「人生ブームだ」思わず言うと、鹿ノ子は笑った。

「そうか、ブームか」深くうなずいている。「ある？　そういうの」

訊かれて仁絵は考える。

「これでいいのかブーム」

答えてから、たしかにそうだなと納得する。

「なあに、人生これでよかったのか、ってこと？」

「人生は大げさですけど。選択はこれでよかったのか。あのとき断ってよかったのか。こっちを選んでよかったのか」

「若いなあ」鹿ノ子がしみじみと言い、

「久しぶりに言われました」仁絵もしみじみと言った。三十五歳が若いとは、最近はだれも言わない。

「ごちそうさまでした」

鹿ノ子は空になったコーヒーカップを流しで洗い、「また飲もうね」と言って台所を出ていく。玄関まで仁絵はついていき、

「あ、珠子と飲みますけど、加わります？」靴を履く鹿ノ子に訊いた。まださほど仕事

がないときに仁絵は珠子を鹿ノ子に紹介した。鹿ノ子が配属されていた女性誌の文字ページで、珠子は幾度かイラストを描かせてもらっていた。それが縁で、今でも三人で飲むこともある。

「いつ？」

「土曜です」

「ああ、だめだ、土曜。ヨガだヨガ。また誘って」鹿ノ子は言って、「失礼しまーす」奥に向かって大声を出すと、玄関を出ていった。

ヨガか。

仁絵は台所に戻り、冷蔵庫からもらいもののチョコレートを出してかじり、冷めたコーヒーを飲む。ヨガなんて聞いたことがないからたぶん鹿ノ子の新しい趣味だろう。半年ほど前はアロマの教室に通っていると言っていた。仕事も忙しいはずなのに、鹿ノ子は取り憑かれたようにいつも何かしらやっているかはじめている。癖になっているのだと、いつだったか聞いたことがある。家庭のある男とつきあうってこういうことなんだなあと、そのとき仁絵は漠然と思った。たぶん、男との何か——旅行とか、イベントとかを期待しないでいいように、スケジュールをつねに埋める癖ができたのだろうなあと推測したのだった。なんとなくしんどそう、と思うのと同時に、すがすがしいだろうなあとも仁絵は思った。そんなふうに、自分の好きなように何かをはじめたりやめたりして、人に期待しないで生きていくのは、さぞや気持ちがいいだろうなあと。

デスクに戻ると、使いに出ていた香菜が戻ってきていて、

「長谷さんきてたんですね」と言う。

「ケーキもらったよ、冷蔵庫に入ってる」

「やった！」香菜は仁絵が驚くほど大仰に反応し、「いや、長谷さんって苦手だけどスイーツの趣味だけは尊敬してるんですよ」と、驚く仁絵に言い訳をするように言った。

いつもは、長谷さんと何話してたんですか、とか、なんか言ってましたか、とか、訊いてくるのに、ケーキで頭がいっぱいになったのか香菜は無言でパソコンのキーボードを操作している。

「人生ブームなんだって」

仁絵から話しかける。

「え、なんですか、それ」

「人生これでよかったのかなーとか、結婚しない人生なのかとか、思うんだって」

「へえええええ」パソコンから顔を向けずに香菜は語尾をのばす。

「そういうの、ある？」

うーん、と言ったまま香菜はキーボードを打ちはじめるので、邪魔かと思って仁絵は口を閉ざし、机の隅にまとめていた領収書の束を取り出し、自分も作業をはじめる。

「間違ってない、かな」

ふいに香菜が言い、独り言かと思って聞き流していると、

「私は間違ってない、ってよく思いますよ」

と、念押しするように仁絵をのぞきこんでくり返す。

「えっ、あっ」さっきの話かとようやく思い出し、「私は間違ってないブーム？」仁絵は訊いた。

「はい。なんかへんなことになってるけど、いや、選択肢はあれしかあり得なかった、私は間違ってない。給料日まで千五百円しかないけど必要経費で使ったんだから、私は間違ってない」

香菜は天井を見上げるようにして、言う。仁絵は自分が香菜の年齢だったころを思い出す。二十八歳。しんどい恋愛をしていたときか、そのあとか。

「わかるわー、それ」

仁絵は思わず言う。たしかに自分も呪文のようにくり返していた気がする。私は間違っていない。間違ったと思いたくないからくり返すのだ。つまり、間違っているとうすうすわかっているということだ。もちろん、そんなことは香菜には言わない。香菜の場合は本当に間違っていないのかもしれない。いや、間違っていると気づいたって、何かを変えられるはずがないのだ、べつの人にならないかぎり、何度おなじところに戻ってっておなじ選択をするはずだ。

「あっ、仁絵さん三時ですよ、お茶いれようかな」

いそいそと香菜が立つ。

仁絵は領収書の束から顔を上げ、正面にある窓を眺める。窓の外には少しの木々と、隣の建物しかないが、上部十五センチくらい、空が見える。薄いみず色の絵の具をていねいにぬったような空。

「今日昼ごはんのあと、バウムクーヘン食べたんですけど」香菜はそう言いながら、ケーキの皿を自分と仁絵と、また別の電話に出ている寛のデスクに置く。「ケーキも人数ぶんあるし、岸井センセイは食べないし」

「私は間違ってない」あとをつぐように仁絵が言うと、香菜はほがらかに笑う。

土曜日は仁絵はラジオをつけない。目覚ましがわりにセットしたCDが流れてくる。仁絵は起きてステレオの電源を切り、洗面所に向かう。

ベランダに出て歯を磨きながら、声しか知らない竜胆美帆子のことをちらりと考える。リンドウさん、今日もまたどうでもいいことをしゃべっているのかな。明日は休みだから今日は遅くまで飲んだりするんだろうか。ラジオをつけてみようかと一瞬思うが、けれど休日感が減じるようにも思えて、結局つけない。

もちろん、口をゆすぎに洗面所に戻るときには、ラジオの向こうの人のことなど忘れている。

洗濯機をまわし、掃除をしながら、仁絵は雄大のメールを思い出す。土曜日にメシでもどうかとメールで訊かれたとき、咄嗟に夜に時間が空いたのだと思ったけれど、もしかして昼ごはんのことを言っていたのだろうか。掃除機のスイッチを消し、時計を見上げる。十時三十五分。今雄大に電話をすれば、昼ごはんはいっしょにできるかもしれない。

充電器にさしこんだ携帯をちらりと見るが、仁絵はちいさくため息をついて掃除機のスイッチを入れる。

今から電話をして、いや、やっぱり夜だと言われたら断らなきゃならないじゃないか。それに、メールは数日前なんだからもうほかの予定を入れてしまっているだろう。それにしても今日はクローバーはランチ営業をしないのだろうか。何かあったのか。

そこまで考え、ああもう面倒くさい、と仁絵は首をふる。よけいなことを考えなくてもすむように、掃除機を終えたら拭き掃除、拭き掃除を終えたら洗濯物を干して、干し終わったらお茶いれて休憩、いやランチ食べにいこう、ガネーシャのカレーだ、アイスチャイをセットで、うんそうしよう、と、すべきことを精密に組み立てていく。

これでもし珠子からドタキャンの連絡がきたら、どんよりした土曜日になるなと、すでに仁絵は暗い気持ちで午後を過ごしたのだが、出かける段になっても珠子から連絡はなかった。ぎりぎりまで支度をしなかった仁絵は慌てて化粧をし、服を選ぶ。自分の珠子への信頼の無さに苦笑しながら部屋を出る。

大学の同級生だった珠子は、仁絵の記憶にあるかぎり、そんなふうなタイプの女性ではなかった。そんなふうな、というのはつまり、好きな人から連絡があれば女友だちとの約束など平気で反故にするような、という意味である。男の人をふりまわすというタイプでももちろんなかったけれど、自然体で天然で、女にも男にも、媚びるようなところがなかった。

学生時代の珠子の恋人は、「まあ、猫を飼っていると思えば」と笑っていた。気ままに出かけて帰ってこず、帰ってきたら気まぐれに甘える、そんな人だと珠子を評していたのだと思う。珠子に実際の放浪癖はなかったが、デートより自分の興味をつねに優先させる人ではあった。それで、仁絵はうらやましく思っていたのだ。そんなふうに好き放題に振る舞っても、ちゃんと恋人がいて、その恋人が珠子のことを認めてくれるんだから、いいよなあ、と。

その後、仁絵の知るかぎりでは珠子は二人の人と交際し、でもどちらも、学生のときと似たようなつきあいだった。珠子は好きなように振るまい、恋人たちが予定や旅先やデート先を珠子に合わせていた。

けれどそんな珠子も、変わってしまった。野島恭臣に会って変わったのだ。

野島恭臣はキャラクターデザイナーだ。その名前を知らなくても、彼が描いたキャラクターの名を挙げれば多くの人が知っているはずだ。とくに、自分たちと同世代なら。脱力したような、とけた餅のようなパンダのもちぱんは子どもばかりか大人にも人気があった。続いてくまのもちくま、ももんがのもちんが、なまけもののもちなま、と登場したもちシリーズの仲間たちも、まあまあ人気はあった。仁絵たちが大学生だったころだ。珠子はもちぱんが好きで、二十歳過ぎだというのに、高校生が鞄につけるような馬鹿でかいマスコットをバッグにつけていた。

もちシリーズのちも、彼にはヒット作があるらしいが仁絵は知らない。子ども用テレビに登場するキャラクターだとか、絵本のシリーズだとかを次々にヒットさせ、本人もよくテレビに出ている、と珠子に聞いただけだ。

そう、珠子は最初、単純にもちファンだった。もちぱんかわいい、もちくまかわいい、とキャラクターグッズを揃えていただけだった。それが、野島恭臣の講演会だかワークショップだかにいって、彼の描くキャラクターではなく彼自身のファンになった。それからは野島情報をこまめにチェックして、雑誌に出ていればそれを買い、テレビに出ていればそれを録画するようになった。

珠子が野島恭臣と会ったのは、七年前、たしか二十八歳のときだ、と仁絵は記憶している。珠子が表参道のギャラリーで個展をやる際、どうせ見にはこないだろうけれど、という気持ちで野島の事務所に案内状を送った。そうしたら、きたのである、本人が。しかも珠子の在廊時に。

電車の乗り継ぎが悪く、待ち合わせた店に仁絵は十分遅れで着いた。珠子は先にきていて、メニュウを眺めながらすでにビールを飲んでいる。

「ごめんごめん」席に着き、メニュウを持ってきたウエイターに仁絵もビールを頼む。レストランの席はほとんど埋まっているが、テーブルの間隔が離れていて、やけに静かだ。レストランの明かりの下にいる人たちは、どうしてみんな、こんなにもしあわせそうに見えるんだろうと仁絵はちらりと思う。

「タマちゃん、おめでとう、すごいじゃん、海外進出」

運ばれてきたビールグラスで乾杯をする。珠子は照れくさそうに笑う。

「それで、どこだっけ、メールに書いてなかったよ」

「オランダ。アムステルダムとユトレヒト」

「へえーっ、オランダ、すごいねえ」

「それよりメニュウ決めようよ」珠子が言い、仁絵はメニュウを開く。

カプレーゼだとか、温野菜だとか、鯵《あじ》だとかカルパッチョだとかさんざん迷って前菜を決め、パスタを決め、メイン料理を決める。注文を終えて仁絵が正面を向くと、珠子がまじまじと見ている。何、と訊くと、

「私たちがお休みの日に麻布で食事をする日がくるなんてねえ」

と、真顔で言う。

「珠子がオランダで個展を開く日がくるなんてねえ」

仁絵は珠子の口調を真似て言う。

が、前菜を半ばまで食べ進んだところで、珠子があまりうれしそうではないことに仁絵は気づいてしまう。

「どうした、今日はイマイチおいしくない？」訊くと、

「ううん、おいしいよね」珠子は笑顔を作る。

「もしかしてオランダよりロンドンとかベルリンがよかった？」

「そんなことないよ、アムスもユトレヒトもうれしいよ。アムスはさ、ヨルダン地区って元々労働者が住んでたような、いわゆる下町なんだけどさ、そこにお洒落なお店がたくさんできてるんだって。そのなかにあるアパートを改装したギャラリーでやるんだよね。それにユトレヒトはうさこで育った私にはもう聖地みたいなところだもん」

「ああ、ミッフィーの作者の故郷だっけ。アパートを改装したギャラリーなんてなんかかっこいいね」

「うん、すごくかっこいいよ」

と言う口調のわりには、やっぱりなんだか珠子がうれしそうには見えない。あ、と仁絵は気づく。オランダでも料理でもない。珠子から元気を奪えるのは野島恭臣だけだ。パスタが運ばれてきて、一本目のワインを半分ほど飲んだところで、仁絵はさりげなく訊く。

「そういえばさ、野島さん元気？すごーくよろこんでくれたでしょ」

「ああ」珠子はじつにわかりやすく落胆した顔をする。フォークにパスタを巻きつけながら、「一カ月くらい会ってないし、連絡もない」と、言う。

「え、仕事でどこかいってるの」

「知らない。携帯に留守電を入れても返ってこないし」

珠子が黙り、仁絵も黙る。黙ったままそれぞれのパスタを食べる。ウエイターがにこやかにワインをつぎ足して去っていく。私たちもほかのテーブルから見たらしあわせそうに見えるだろうか、と仁絵は思う。

「もうだめなのかもな」ぽつりと珠子が言い、

「ねえ、そもそも二人はどうなってるの」仁絵は訊いた。

これまで幾度も訊いたことだが、今ひとつわからないのだ、珠子と野島恭臣がきちんと交際しているのか、そうでないのか。

「どうもなってない、前とおんなじ。だから、だめになるも何もないんだけどね」

珠子は顔を上げて笑い、ワインを飲む。

最初、つまり七年前に出会ってからしばらくは、野島恭臣のほうが珠子に熱を上げているように、仁絵には見えた。週末はしょっちゅう会っていたし、海外旅行にもいっしょにいっていた。「人見知り」だとかで、仁絵は野島本人と会ったことはないが、珠子の浮かれてねじがゆるんだ様子で、二人の関係がよくわかった。そのころ仁絵は最悪の精神状態だったけれど、それでも友人の恋がうまくいっているのはうらやましかった。自分の馬鹿げた言動で、もしかして疎遠になったかもしれない関係が元どおりになったのは、あのとき珠子の恋がうまくいったからだと仁絵は思っている。

三十歳間近になって、友人たちが駆け込み結婚だなんだと騒ぎ出したとき、結婚しないのかと仁絵は訊いたことがある。結婚願望は仁絵にはなかったが、自分だけ取り残されたらいやだと思ったのである。しんどい恋愛のあとで、永遠に立ちなおれないと思っていたから。

結婚とかじゃなく、自由な関係でいたい、とたしか珠子は言っていた。自由で、それでもその人といっしょにいることを選ぶ、そういうふうでいたい、と。それはきっと珠子自身の考えではなくて、野島恭臣の受け売りなんじゃないかと仁絵はひそかに思ったことも、覚えている。野島恭臣と親しくなって、「なんだかもうまるで『カイロの紫のバラ』だよ」と目を見開いて言っていた珠子が、現実に舞い降りてきた男と結婚したくないはずがない、と思ったのだ。あのときからずっと、珠子の『カイロの紫のバラ』は続いている。六年もたち、いろんなことが変化した今も。いったいいつまで続くのかと思うと、仁絵は口には出せないがちょっとだけ、ぞっとする。ハッピーにしてもそうでないにしても、とにかく結末なくえんえん続く映画。

「仕事で忙しいんだよ、きっと」できるだけあっさりと仁絵は言う。

「でもさ」

言いかけて珠子は口を閉ざす。ウエイターがパスタの皿を下げていく。珠子はワイングラスの脚を持ってくるくるまわし、ワインを飲み、

「ヒトちゃんはどうなの」と、訊く。どうやら野島恭臣の話は今はしたくないらしい。

「私もかわりばえしないよ、私たちこそちゃんとつきあおうとかそういうことになったわけじゃないから、そうしょっちゅう会うわけでもないし」

雄大とのあれやこれやは、珠子には話してある。

「やっぱさ、雄大くんがいいよ、つきあっちゃいなよ」

その話を聞いたときから珠子はずっとそう言っている。

「だけど知り過ぎなんだもん、おたがいに。そういうシチュエーションになったとしてもぜったいに欲情しないと思うな」メイン料理が運ばれてきて、珠子と仁絵は歓声を上げる。デカンタでワインを追加し、珠子は真鯛を、仁絵は羊を、それぞれ食べはじめる。おいしい、おいしいとひとしきり言い合ったあとで、

「しかしさ、麻布で食事するくらい大人になったのに、話してることは二十歳のときとまるでかわらないね」

仁絵が言い、

「まったくだよ」

途方に暮れたような顔で珠子が言う。

食事を終え、近くのバーに移動するも、やっぱり珠子は元気がなく、どれほど飲んでも酔っぱらうふうでもないので、これはそうとうこたえているらしいと仁絵は内々で思う。帰ろうか、と言うとしかし、まだ飲もうよ、と力なく笑う。連絡が今日もこないということに、ひとりで向き合うのがこわいのだろう。

すこぶるうまくいっているように見えた珠子と野島恭臣の関係が変わりはじめたのは、珠子が三十歳になってからだ。ワンルームマンションから一気にオートロックつき2L

DKに住まいの格上げがなされてのち。

関係の変化と、そのことは、かかわりあっている、と仁絵は思っている。野島恭臣は、ワンルームマンションに住む珠子が好きだったのだ。仕事がなくて、時間があって、お金がなくて、麻布のイタリア料理も、ワインを空気に触れさせるとおいしくなることも、まわらない鮨屋も知らない珠子が。

珠子の仕事がどんどん増えるのに従って、関係は逆転した。連絡するのは珠子になり、会う日にちを合わせるのも珠子になり、デートを企画するのも店を予約するのも珠子になった。そうしてあるとき、珠子は彼に言われたのである。おれたちべつにつきあってるわけじゃないんだから、というようなことを。その数日後に会った珠子も、今みたいだったと仁絵は思い出す。帰りたくなさそうなのに、話をほとんどせず、杯ばかり重ねて酔っぱらわず、魂を落としたみたいな顔で笑っていた。

驚くべきことに、それから五年もたっているというのに二人の関係はそのときのままである。つきあっているわけではないが、ときおり（恭臣に時間ができたときに）食事をし、ときおり（恭臣の気が向いたときに）どちらかの家にいって飲んでいるらしい。旅行はなくなったが、恭臣の講演やワークショップや展覧会が地方であるとき、（恭臣の許可が下りれば）珠子は追っかけのごとくその地にいき、泊まってくる。

「ねえ、やめなよ、もう、その人」

バーのカウンターで、三杯目のジントニックを飲み干したところで、ついに仁絵は言った。ふだんは言うまい、と思っている本音である。

「ちっともよくないよ、もしここに百人いて今の状況を聞いたら百人ともがやめなさいって言うよ」

いったん口にすると止まらなくなる。

「そもそもその人、おかしいんじゃないの。恋人はいないみたいだってタマちゃんは言うけど、そうやっていろんな人と適当に遊んでるんだと思うよ、二十代でそういうことするならわかるけど、四十近くなってそういうの、なんか病的に感じるよ」

そこまで言ってから、言い過ぎたかと不安になる。たしかに言い過ぎた、酔っぱらっているのだと仁絵は思い、ジントニックのおかわりとともに、水ももらう。

「百人がやめなさいって言ったらさ、ヒトちゃんはハイそうですねってやめられる？」

背を丸め、目の前のグラスに指をすべらせながら、ちいさい声で珠子が言う。水滴が珠子の細い指を伝っている。仁絵は言葉に詰まる。知っている。やめられないことを知っている。百人が、千人が、一万人が口を揃えてやめろと言っても、やめることができない、そういう種類の恋があることを知っている。

「やめられないかもしれないけど」仁絵はせいいっぱい、言う。「でも、やめるという選択肢があることは理解する」

今ならきっとそうするだろうと思う。今は、もちろんそんな種類の恋はしていないわけだが、もし今そんな事態になったとしたら、以前よりは賢く立ちまわるはずだと思う。

そうでなければ、いつまでもおんなじような恋をして、おんなじように傷つき、おんなじように引きずって、おんなじように後悔するばかりじゃないか。私たちがそんなに馬鹿にできているはずがない。

「ヒトちゃんはちゃんと恋をしていないからそんなふうに言えるんだよ」顔を上げ、珠子が言う。「ヒトちゃんこそやめちゃえばいいんだよ、好きでもないんだし、欲情もしないなら」

欲情という言葉に、あわてて周囲を見渡す。カウンター席はカップル連ればかりで、だれも仁絵たちの話になど興味を持っていない。

「さっきはその人がいいよって言ったじゃん」声を落として仁絵は言う。

「でも好きじゃないんでしょ」

「好きじゃないことはないけどさ」

「でも百人がやめろって言ったらやめられるんでしょ。そんなの恋じゃない」

珠子は言い、仁絵は黙る。右隣の席では男が夢中で何か話している。左隣の席からは女の笑い声が聞こえてくる。Ｌの字の隅にいる年配のカップルは、話をせず、けれど満ち足りた顔でカウンターのなか、バーテンが作るカクテルを眺めている。

「ごめん。八つ当たりしてるよね、私。帰ろうか」珠子は言って、足元に置いたバッグを持ち上げる。

「そうだね、帰ろうか」

通りまで、言葉少なに歩く。ごめんね、ともう一度珠子が言い、いや、こっちも、と仁絵ももごもごと言う。珠子はタクシーに乗ると言い、仁絵は腕時計を確認する。終電には間に合いそうだったので、じゃあ、とその場で別れた。駅に向かって歩き出しながら振り向くと、珠子が車道に出てタクシーに手を挙げているところだった。

まるでひとけのない歩道を歩き出すと、珠子を乗せたタクシーが横を通り抜けていく。ガラス戸越しに珠子の横顔が見えた。

でもさ。仁絵は歩きながら胸の内でつぶやく。珠子の言う、ちゃんとした恋ってしあわせなのかな。仁絵はかつての「やめられない種類の」恋を思い出す。もしあのまま、あのときの恋人と終わらずにまだ恋が続いていたら、そう考えると、仁絵はちょっとぞっとするのである。好きでたまらない人にふりまわされる毎日に、どれだけ疲弊するのかを考えて。

あ。やばい。急がないと終電が出てしまう。のんびり歩いていた仁絵は、小走りに駅に向かう。春の、はなやかで甘いにおいがほんの一瞬、夜気にまじって漂ってくる。世のなかの、ほかの三十五歳って何を考えているんだろうなと、走りながら仁絵はちらりと思う。二十歳と変わらない、私たちのようなことではないだろう。キャリアとかスキルアップとか人生とか、きっともっと高尚でかっこよくて大人びたことなんだろうなあ。自分と珠子だけ、なぜか置いてきぼりになっているんだろうなあ。そんなふうに思う。

毎朝六時には、竜胆美帆子は放送局に到着している。五時半のときもある。録音ブースの並ぶフロアはいつも明かりがついていて、だれかしらがいる。今では見慣れてしまってなんとも思わないが、働きはじめたころはいつでも不安になった。この人たちはいったいいつ眠るのだろうかと。

コーヒーメーカーのコーヒーをマグカップにそそぎ、美帆子はガラス張りの会議室で、ディレクターと放送作家とともにかんたんな打ち合わせをする。

「今日は飲んでないんだ」からかうようにディレクターが言い、

「そんなにいつもいつも飲み屋から直行しませんよ」美帆子は笑う。

「まあ、この時期だから話題はゴールデンウィークだよね」放送作家が言い、

「そうでしょうねえ」美帆子も同意する。

打ち合わせといってもその日のテーマや、流す曲を決め、リスナーからきた手紙やファクス、メールに目を通して何を読むか決めるだけだ。あとはいつもぶっつけ本番。放送中に送られてきたファクスやメールは、その都度放送作家が目を通し、いくつか選んで美帆子に渡し、コマーシャルのあいだにさらに美帆子が選んで読み上げる。

打ち合わせは三十分程度で終わる。あとは雑談である。この雑談からトークのヒントが生まれることもある。もちろん単なる雑談で終わることのほうが多いわけだが。

「相変わらず評判よくないですか？」美帆子は笑ってディレクターに訊く。

「よくないってことはないよ」

今年で五年目になる「モーニングサンシャイン」は、月曜日から土曜日、朝八時にはじまり十一時に終わる番組である。ずっと美帆子がしゃべり通しなのではなく、交通情報もあればニュースもあり、それからあらかじめ録音されているタイアップのインタビューコーナーもある。

五年前、番組をはじめて持つことになったとき、美帆子は今よりぜんぜん気負っていた。生放送が終わると新聞を五紙読み、週刊誌をチェックして、時事ネタからゴシップからみんな頭に入れようとし、翌日取り上げる事件なり芸能ニュースなりを決め、それから放送作家と打ち合わせをし、かんたんな台本を作ってもらい、翌日はそれをもとにきっちり時間をはかって話していた。

平日の飲み会などもってのほかで、毎日十時にはベッドに入り、翌日は五時に起きた。友だちは誘ってくれなくなったし、日曜はひたすら眠るだけでつぶれた。にもかかわらず、番組は人気がなかった。

方針をがらりと変えたのは、四年前だ。人気がなかったからではない、個人的なできごとがきっかけで、美帆子は番組のコンセプトを変えたのだ。

無駄話しか、しない。

新聞を読むのもやめた。ニュースを追うのもやめた。今日あった事件を、明日話すのもやめた。最初は台本を作ってもらっていたが、だんだん慣れてくるにつれて不要になった。不思議なことに、コンセプトを変えてからじわじわと人気が出てきた。同時に、批判の声も増えた。

どうでもいいことをしゃべりすぎる。無知すぎる。社会と接点がなさ過ぎる。最初はそういう声に動揺したが、次第に開きなおった。そうしようと決めて、そうしたのだ。どうでもいいことをしゃべろう、無知を隠すのはやめよう、時事ネタにふりまわされないようにしよう。掃除機がまわるような、シーツが風にひるがえるような、台所から煮物のにおいが漂ってくるような、そういう番組にしよう。そういうことが嫌いな人は、別の局の、午前中から過激なギャグを飛ばす芸人の番組や、淡々とニュースを読み上げその後に識者と会話する番組や、音楽だけ流す番組にチューニングを合わせればいい。選ぶことができるのだから。

批判の声が相次いだときは、もう終わるのだろうなと美帆子は思っていた。そして当分メインキャスターはやらせてもらえないだろうな、と。その予想に反して、モーニングサンシャインはそれから四年続いている。

雑談を終えて会議室を出ると、

「これ、飯田さんの仙台土産なんですけど、どうぞー」若いアシスタントディレクターが美帆子の前に箱を差し出し、

「わー、萩の月、うれしいー」

美帆子はひとつもらう。コーヒーを入れなおし、自分のデスクに座って菓子を食べる。時計を見上げると七時二十分である。窓の向こうの空は澄んだ青一色だ。あと三十分もすれば、ディレクターが呼びにくる。美帆子はデスクに広げたリスナーからの手紙をたんねんに読み返しはじめる。

2

おはようございます、モーニングサンシャイン、ナビゲーターの竜胆美帆子が十時をお知らせいたします。ゴールデンウィークはみなさんいかがお過ごしでしたか。今日のテーマはずばり、今年のゴールデンウィーク。いったいどんなことがありましたでしょうか。ファクスとメールどんどんお寄せくださいねー。私ですか、私はみなさんご存じのとおり、暦通りのお休みだったので、旅行はいけませんでしたねえ。しいていえば、そうだなあ、めったにしない料理に挑戦したんです。奮発していいお肉を買って、煮込み料理を作ろうとしたんですけどね、急にガス漏れ警報機が鳴り出して、どうやって止めたらいいのかわからずおろおろしていたら、警備会社の人がくるわ、隣の人が心配して出てくるわ、たいへんな事態になってしまいました。めったにしないことをやるべきではない、ってわけですね。

朝から気分的に重苦しくなるような話題でごめんなさい。えーと、音楽かけましょうか。五月の新緑にふさわしく――。

仕事場で毎日聴いている声を、不思議な思いで仁絵は聴く。でも、そうだ、そういえば、中学生のときも高校生のときも、開店前のここにくるとラジオが流れていたことを思い出す。けれどそのころこの店にくるのは、たいてい雄大を呼びにきたり、渡すものがあってきたり、親からのおつかいできたりしていただけで、長居したことはないから、ラジオなど意識しなかった。

「私も事務所でこのラジオ聴いてるよ」

クロスの取り払われたテーブルに座り、仁絵は言う。

「なんかこの人、微妙にへんだよな」

仁絵の前にコーヒーカップを置き、雄大はひとりちいさく笑い、厨房に戻る。

「そう、どこがって言えないんだけど、へんなんだよ」

なんとなく思っていたことを雄大が言葉にしたことに仁絵はよろこび、つい大きな声が出る。コーヒーにはすでにミルクが入っている。一口飲み、仁絵は満足げに息を吐く。ここでもコーヒーメーカーで落としているのに、事務所のものより断然おいしい。豆が違うのか、コーヒーメーカーの機種の問題か。いや、飲食店だから、当たり前のことなのかもしれないが。

「ほんで、なんだっけ」

カウンターキッチンの向こうで作業をしながら雄大が訊く。

「いや、とくに用があるとかじゃなくて。今日、うちの事務所休みなんだよ。ゴールデンウィークにイベントあって、みんな手伝いに駆り出されたから、その代休。だから昨日うち帰って、そのついで。お昼食べてこうかなーと思ったんだけど、ほら、お昼じゃ忙しくて話せないし」

必要以上にしゃべっていることに気づき、言い訳をしているみたいで落ち着かなくなる。「もしや邪魔だった？」

「いや、ぜんぜん」雄大はじゃが芋の皮を剝いている。「昼も食べてってよ」

「あ、うん」

仁絵は雄大から目をそらし、コーヒーカップを両手で包んで、飲む。

十時過ぎである。レースのカーテンが掛かった窓の外は、歩道も木々も、向かいの和菓子屋も道ゆく人も、清潔な白い光にさらされている。事務所の窓から見る午前十時とずいぶん違うことにはじめて気づき、仁絵はその光景に見入る。なんだか外国みたいだ、と思う。外国みたいに違う景色を見ながら、私たちはおんなじラジオを聴いているのか。

こちらモーニングサンシャイン、ナビゲーターの竜胆美帆子です。ありがとうございます。ひとつご紹介
メールとファクスが続々届いているそうです。

しますね。えーとこれは、エコエコアザラクさん、ゴールデンウィークは家族で苺狩りにいきました。いいですねえ、苺狩り。私苺とか、紅葉とか、梨とか、何かを狩りにいったことないんですよね。でも紅葉狩りっていったい狩ってどうするんでしょうねえ……と、そんなことはさておき。

それが帰りがお約束の渋滞、わかっていたのに、ヨメが苺の食べ過ぎでトイレにいきたいと言い出し、つられて小学生の娘もいきたいと言い出し、でも車はぜんぜん動かず、そのうち私もいきたくなってきて……、ってことなんですが、尿意って連鎖するんでしょうかね。ご家族ですもの、するのかもしれませんね。

「ご家族だから連鎖するって」

雄大が笑い、仁絵は我に返る。

「昼は雄大ひとりでやってんの」

仁絵が実家に住んでいたころは、営業時間以外にこの「クローバー」にくると、雄大の両親がフロアで仕込みをしていた。今のようなカウンターキッチンではなくて、厨房はフロアと壁で遮られていた。二人は厨房でなく、いつも客用テーブルに笊《ざる》やバットやボウルを並べ、ラジオの音を背景に、たのしげに会話しながら作業していた。自分の家の両親もまた二人で店に出ていたが、そんなふうに親しげに話すところを仁絵は見たことがなく、成長するにつれてうらやましく思ったものだった。

「夜もたいがいひとりだよ。おふくろは営業時間になってから出てくるけど、親父はもうほとんど隠居だね。おふくろも年だし、あんなばあさんが料理運ぶより、若い女の子や男の子のほうがいいに決まってるんだから、もういいよって言ってんのに、きかねえの。私はクローバーの顔だからって。ま、そう思いたいんだろうな」

「でもお馴染みのお客さんは、おばちゃんがいなくなったらさみしがるよ」

「だけどいつまでも馴染みばかり相手にしてるわけにもいかないとおれは思うんだよな」

雄大が急にまじめくさった声で言うので仁絵はどきりとする。あわててコーヒーを一口飲む。

「じゃあ雄大はどうしたいの、インターネットとかで絶賛されて、遠くのほうからお客さんが押し寄せて、予約がなかなかとれないような店にしたいの」

そういうことを、本気で訊いたり話したりしたいのに、茶化す口調になってしまう自分を仁絵は恥じる。恥じてすぐ、でも無理じゃん、とも思う。今までずっと茶化し合ってふざけあって馬鹿話ばかりしてきたのに、今さら、まじめに将来のことを話すなんて、無理じゃん。

「べつにそこまでは思ってないけど、でも、親父がやっていたような、近所の人だけを相手にするような店じゃつまらないとおれは思うんだよ」しかし雄大はなおもまじめに言い放つ。「べつに雑誌にのるような店にしたいんじゃなくてさ」

そこまでの自信があるんだ、と言おうとして口をつぐむ。これもまた、茶化しているように聞こえるに違いないから。けれど仁絵は単純に知りたかった。遠くからわざわざ食べにこようと思うような、そういう料理を作る自信をもう持っているのかどうか。持っているとするなら、それはいつ、どのようにして手に入れたのか。料理学校も出ておらず、専門的な勉強もしていないのに。

そういえば、自分のそういう質問が、男の子を憤怒させたことがあったと思い出す。どうしてそう思うの、とか、いつそんなふうに思うようになったの、とか、あれこれ訊いているうちに、当時の恋人が突然、おまえは何さまなんだと怒り出したのだった。ごくふつうに話しているつもりだったから、いや、恋人としてかなり深く話そうとしているつもりだったから、仁絵は彼の怒りを理解できなかった。そりゃあ、馬鹿にされたと思ったに決まってるよと、その話を聞いて言ったのは雄大だった。それになんだか仁絵って、たたみかけるように訊くから、問い詰めるっていうか追い詰めるっていうかそういう響きがあって、相手、なんかムッとするんだと思うよ。

それを聞いて仁絵は、男子というのは私たちよりよほど繊細なのに違いないと思ったものだった。あれはいつのことだったろう。大学生のときか、卒業したあたりか。カウンターの向こう側にいる雄大をぼんやりと眺めて、仁絵は考える。

十一時を過ぎると、雄大の母、容子がフロアにおりてきた。

「仁絵ちゃん、きれいになったねえ」いつものお世辞を言い、厨房をチェックし、フロアのテーブルにクロスをかけてまわる。

「おばちゃん、手伝おうか」仁絵が訊くと、

「いいのいいの、座ってて。お昼食べていくんでしょ？　おいしいものいっぱい食べてる仁絵ちゃんにはさ、この子の料理なんてアレかもしれないけど」

「なんだよアレって」

容子は無視し、ちいさく鼻歌をうたいながらクロスをかけ終わり、新聞紙に包んだ花を広げて、一輪挿しに生けていく。流れっぱなしのラジオの声が静かな店じゅうに広がる。竜胆美帆子ではなく、まじめくさった声の男性アナウンサーが交通情報を伝えている。

カウンター席に移動し、ラジオを聞くともなく聞きながら、店内がレストランとしてじょじょに立ち上がっていく様子に仁絵は目を見張る。今まで何度も見てきたことはあったが、はじめて見るような気がする。しみのない白いクロスがテーブルを覆い、ミニバラの飾られた一輪挿しが置かれ、厨房からにんにくやオリーブオイルのにおいが漂ってくる。寝起きの女が化粧をしていくようだと思う。

開店五分前にラジオは切られ、無音になる。雄大の父親は有線でクラシック音楽を流していたけれど、雄大は昼も夜も音楽をかけない。

開店するとすぐに三組の客が入ってきてテーブルに着く。母と娘らしき二人組、自分と同世代に見えるカップル、若い女性の三人グループ。カウンター席に座る仁絵はフロ

アをふり返って、ほう、と思う。容子に渡されたメニュウを見ると、本日のランチは四種類。ポークトマトシチュウ、海老とアスパラガスのドリア、ビーフカツレツに真鯛のソテー。どれにもスープとサラダ、パンかライス、コーヒー紅茶がついて八百五十円。プラス百五十円でデザートがつく。仁絵はドリアを頼んだ。

料理を作るのはひとりだから、手間取りそうなものなのに、スープとサラダが先に出てくるからか、それとも下ごしらえがうまいのか、さほど待たずに料理は出てくる。背後の、ひそやかなおしゃべりと笑い声を聞きながら仁絵は雄大の料理を食べる。

なんか変わった、と思う。前に食べたのはいつだろう、雄大がクローバーを継いですぐだったのではないか。まずくはなかったけれど、なんというか、自己主張の激しい味だった。クリームチーズとわさびとか、ハーブ入りレモンバターとか、肉や魚といった素材より、そういうものの味が目立っていた記憶がある。それが今、目の前のドリアはなんの変哲もない。はじけるような感触を残した海老、歯ごたえの残る程度に茹でたアスパラガス、ナツメグがかすかににおうやさしいベシャメルソースに、ほのかにバターの香りがするごはん。どこも変わったところがなく、個性というものが感じられないのに、おいしい、と思わずこぼれ出る。

仁絵は肩越しにフロアをもう一度ふり返る。十二時前、空いているテーブルはひとつきりだ。容子が顔見知りらしい客と談笑している。それぞれのテーブルではみんながナイフとフォークを動かしながら談笑している。なんと幸福な光景だろうと、一瞬仁絵は大げさにも思う。そしてカウンターを挟んで目の前にいる男を見る。真剣な顔つきでガスの火を見て、背を伸ばし皿を用意している。この男がこの光景を作っているのかとふいに思う。

目が合った。

「梅雨入りする前に、日曜、予定合わせてどっかいこうよ」

聞き取れないくらいの早口で雄大が言い、返事を聞かず背を向ける。オーブンから料理を取りだしている。仁絵はしばらくその背を見つめていたが、雄大がこちらに体を向けるのと同時に目をそらす。ドリアを食べる。個性を押し出すより消すことを選んだんだなあと思う。押し出すよりも、それはきっとむずかしいんだろうなあと。

私が中学生みたいにあれこれ恋愛で悩んでいるあいだに、どんどん先にいってしまう。仁絵は皿にこびりついたチーズをむきになってこそぎ落とし、口に入れる。焦げたチーズさえもなんだかおいしい。どんどん先にいってしまう。実際の記憶にはない、遠ざかる背中がふと見えて、たじろぐ。

デザートは苺のムースだった。それを食べはじめるころには、店内は満席だった。容子がメニュウやトレイを持ってきぱきと動き、知り合いに声をかけられては言葉を交わしている。雄大はこちらに背を向けて、優雅に静かに、でも止まらずに動いている。

コーヒーを飲み終え、しばらく空のカップを見つめていた仁絵は立ち上がった。

「仁絵ちゃん、またいつでもきてよね」会計をしながら容子が言う。

「ごちそうさま。おいしかった」仁絵はフライパンを揺する雄大にも聞こえるように言い、釣りを受け取る。

「またメールするわ」フライパンに目を向けたまま、雄大が言う。

午後から予定は何もない。買いものにいこうか、帰って洗濯と掃除でもするか、仁絵は迷う。子どものころとはずいぶん様変わりした商店街を抜けると、いきなり駅ロータリーに植えられた大木が目に入る。みっしりと生い茂った葉が、ゆるやかな風に白い葉裏を見せて、ちかちかとまるで光を放っているようである。仁絵は思わず立ち止まり、今まであることに気づきもしなかった木に見とれる。その木の前にあるコーヒーショップに立ち寄り、カップののったトレイを持って二階席に向かう。大木と向き合うように窓際の席に座る。

雄大は恋に溺れたことがある。溺れる、なんてまったく馬鹿馬鹿しい表現だ、と思いつつも、でもそのときのことを思い出すと、実際に雄大が溺れていた光景が浮かぶのである。小学生のころ、家業のせいで毎年家族旅行にいけない雄大と仁絵を気の毒に思ったらしく、夏休み、雄大の祖父母が海や山に連れていってくれていた。伊豆の海にいったのは小学校の三年生のときだったと仁絵は記憶している。浮き輪で波間に浮かんでいた雄大の姿がいつの間にか見えなくなった。沖近くまで流され、大きな波に浮き輪もとられ、ひとり溺れているのを、監視員が見つけてモーターボートで救出に向かった。

白いしぶきを上げて手足をばたつかせ、笑っているみたいにゆがんだ顔が、波に見え隠れするさまを、仁絵は砂浜で見ていた。強い陽射しのなかで全身に鳥肌が立っていた。

　自分でコントロールできない恋愛をしていた雄大を思い出すと、思いつめた顔で宙を見つめていた姿や、部屋から出てこなくなったことではなくて、あの、ちいさな子どもの姿を仁絵は思い出すのだった。

　高校三年生のときだ。受験生だった雄大は、六歳年上の女に恋をした。自称女優だかダンサーだかで、雄大はゲームセンターで「逆ナン」されたのだ。といっても、その女は相手にドタキャンされたとか、ひまだったとか、ともかくそのときの時間つぶしの相手がほしかっただけで声をかけたに違いなく、その日別れてしまえばそれきりだったはずなのに、雄大は恋をした。彼女のアルバイト先や連絡先や、その日のうちに聞き出した情報のすべてを、その後有効活用した。つまり電話をかけて会ってほしいと懇願し、電話がつながらなければ彼女の住む町の最寄り駅で待ち伏せ、アルバイト先に出向いた。そのころストーカーという言葉は、まだかろうじてなかったと仁絵は記憶している。あれば、雄大のまわりのだれもが使っていただろうから。

　その女もたちが悪かった。少なくとも仁絵はそう思った。

　真剣に恋愛する気もまるでないのに、気まぐれに雄大の誘いに応じたり、断ったりした。飲み会や買いものに連れまわしたかと思うと、「あいつにかまったらただじゃおかない」と男友だちに脅させたりした。雄大は顔つきも変わり、ほがらかさもなくなり、思い詰めたような顔でぼうっとしていた。話しかけてもうめき声のような返事しか寄こさなくなった。

雄大がそれまで交際していたひとつ年下の恋人も、母親の容子も、いったい何がどうしたのかと仁絵に相談にきた。雄大から「うー」とか「あー」の合間に聞き出した真相を、しかし仁絵はどちらにも話せなかった。

ふりまわされている雄大はみっともなかった。気味も悪かった。そんなふうに何かに拘泥する雄大を見たことがなかったから。

そうして雄大のどこにもいきつかない恋は、その年の夏に警察沙汰にまでなった。と、いうよりも、その女が警察沙汰にしたにすぎないと仁絵は思うのだが、しかしどう見ても雄大に分が悪かった。強姦されそうになったと、その女が警察に電話をしたのである。ラブホテルからそんな電話をしているのだから、合意で入ったのではないかと仁絵は思ったが、しかし「無理矢理連れ込まれた」と女が主張すれば、嘘だという確証がないかぎりみなそれを信じるだろう。

女が雄大を訴えることなく、刑事事件にまで発展しなかったが、警察に呼び出されて雄大を迎えにいった両親は、女の言うことを全面的に信じた。

雄大はその日何があったのか、どうしてラブホテルにいたのか、いっさいを話さなかった。両親に話さないのはわかるが、今までなんでも話してきた自分にも話してくれないことが、仁絵は軽くショックだった。しかしそんなショックはさておき、だから仁絵が雄大の元恋人や、両親たちに推測混じりに説明しなければならなかった。雄大がずっともてあそばれていたこと。相手の女も自分の気まぐれで雄大を呼び出していたりしたこと。たちの悪い女であったこと。だからきっと、雄大は強姦なんかしようとしていないということ。

雄大はその日から家にこもってばかりいた。部屋からもあんまり出てこないと、容子まで思い詰めたような顔つきで仁絵に言うのだった。

そのとき仁絵はともかく激しく怒っており、それも女への怒りなのだか雄大への怒りなのだかわからず、そんな自分にまでむかついて、雄大ともこれっきりだ、絶交だ、と思ったのだが、のちのち冷静になってよく考えてみれば、あの時期（高校三年の夏休み）、あんなふうな手荒な終わりかたをして、雄大のためにはよかったのではないかと思うようになった。なぜなら雄大はほとんど逃げるように猛勉強をはじめて、翌年受験に合格したのだし、もし警察沙汰にならなければ、もっともっと彼女にのめりこんでいただろうから。

けれどそのできごとは——警察云々ではなく、つまり雄大の恋だ——、それまできょうだいのようだった仁絵と雄大のあいだに溝を作った。仁絵は、雄大がことの真相を自分に言わなかったことに失望したし、それに、雄大という男がちょっとこわくもなった。

それでもまた、時間がたってみれば、なんとなく会うようになり、ともに飲むようになり、自分の身のまわりのことをあれやこれや話すようになったのに、十年後、またしても始末に負えない恋によって、距離ができることになる。そのときは雄大ではなく、仁絵の、だったが。

仁絵は二階席の窓際から、駅に出入りする人とバスと、真ん中で葉をそよがせる木を見ている。

三十五歳になっても独身だったら結婚しようと自分たちは約束したと雄大は言い、自分はそれをまだ覚えていて、そのつもりだと言い、それはきっと、交際をしよう、というようなことであるのだと仁絵は理解しているし、やぶさかでもない。けれど積極的にもなれないのは、そういうことを知りすぎているせいだ。

あんなふうに雄大は私を好きにならないのだろうな、と思う。彼がのめりこまないタイプの男になったからではない、相手が私だからだ。でも私は知っている。雄大はのめりこむ男だし、いつかそういう相手に会えば、また溺れるような恋にのめりこんでいくのではないかな、とも思う。雄大だけではない、自分も、だ。もうかつてのような恋を雄大相手にしないだろうし、もしかしたらまた馬鹿みたいな恋に突進していくかもしれないと、仁絵は自身についても思う。

ふと思い出す。チェーン店のコーヒーショップになっているここは、かつて喫茶店だった。暗くて、くすんだ赤い布張りのソファが並んでいて、だから窓がよけい白く見えた。仁絵はどんどん思い出していく。向かいに座っている若き日の容子、ワンピースからのびた白くてたっぷりとした二の腕、その隣に座るちいさな雄大。仁絵の隣には、母親がやっぱりむっちりした腕をブラウスから剝き出しにして、風が仁絵にも届くようにして扇子を扇いでいる。花のようなにおいが漂う。雄大はクリームソーダのストローに口をつけ、息を吹き出してぶくぶくいわせ、白目を剥いて仁絵を笑わせる。仁絵も負けじと、ストローの先を鼻の穴に突っ込むふりをしてみせる。雄大が笑う。おしゃべりに夢中になっていた母親二人が気づいて、それぞれをたしなめる。雄大と仁絵は座りなおして目を合わせ、舌を出す。

そんなころから知っている男と、キスや、それ以上のことなんか、できるものなのか。それもまた、仁絵にとっては心配の種でもある。買いものにいくとも家に帰るとも決められないまま、ため息をひとつついて立ち上がる。

3

おはようございます、モーニングサンシャイン、ナビゲーターの竜胆美帆子が十時をお知らせいたします。梅雨入り宣言はまだですけど、もういいんじゃないでしょうか、宣言しちゃっても。お洗濯、困りますよね。部屋干ししてもにおわない洗剤というのが売ってますけど、うちははっきり言ってくさいです。あ、洗剤のせいじゃないですよ、においう洗剤を使っているからです。

今日も東京は雨。ここから見える公園の緑も濡れています。今日のテーマは、最近はじめたあたらしいこと。メール、ファクス、どんどん送ってくださいね。

私はですね、最近はじめたこと……うーん、思いつかないなあ。ここで、絵手紙を描きはじめたとか、ヨガをはじめたとか、言ってみたいんですけど……。あ、今まで缶酎ハイを買ってたんですけど、焼酎とソーダ水をべつべつに買うようになりました。そこにレモンをキュッと搾ると、缶よりだんぜんおいしいですよ。……なんだかすごく、ちいさなことですみません。いえいえ、こういうちいさなことでいいんです、どんどんメール、ファクス、お願いします。


コーヒーを飲みメールのチェックをしながら、仁絵はラジオの声を聞き、雄大も今ごろ聞いているのだろうかと思う。じゃが芋の皮を剝きながら、ベシャメルソースをかきまぜながら。そう思って、窓から見える空と同じような、どんよりした気分になる。

雄大とデートをしたのは昨日の日曜日だった。

映画でも観るのかと思っていたのだが、午前中の待ち合わせに雄大は車であらわれた。友だちに借りたのだという。ドアを開けてくれることはなかったが、運転する雄大の姿は見慣れず、助手席に座って仁絵はどぎまぎした。三浦半島にいってまぐろでも食べよう、などと話はまとまり、車は高速道路に乗った。道路は渋滞していたが、まったく止まってしまうほどでもなく、雄大と仁絵は、近況だの家族のことだの、共通の知り合いのことだのを機嫌良く話しては笑っていた。ラジオがついていて、渋い声のパーソナリティが、どうすれば今度の夏、東京の温度を一度落とすことができるかを語っていた。話の内容と裏腹に、リクエストで若い女性歌手のポップスが流れ、それで仁絵は、ふと思い出した話をしたのだった。

二日前の金曜日の、竜胆美帆子のラジオである。いつものテーマが、秘密だった。秘密にかんするメールやファクスをお待ちしていますと彼女が言い、何通かが読み上げられた。そのなかのひとつに、家庭のある男性との恋愛にまつわるものがあった。「割り切ってつきあってきて十五年、この先彼と暮らすことなど今さら夢見てもいませんが、でも、彼と、ということではなくて、だれとも結婚しないでこのまま一生を終えるのかなあと思うと、もう一度十五年前に戻って、それでいいの？　と自分に訊いてみたい気がします。もしこの先、相手が倒れたりしたら、私のところには連絡がこないんだなあなどと思うんです。自分がどうこうより、親しい人に何かあっても、それこそ一生何があったのか知らないでいることができるってことに、びっくりしてしまって」というような内容で、仁絵はすぐに鹿ノ子を思い出した。「このまま一生」というフレーズで。

そうして考えれば考えるほど、そのメールかファクスを出したのが、鹿ノ子ではないかと思えてきた。「竜胆さん、どう思いますか。馬鹿みたいだと思いますか」と、その書き手は訊いていて、「うーん、どう思うって、それはそれでしかたないことなんじゃないでしょうかと言うしかないですけどねえ」と、竜胆美帆子は身も蓋もないことを隠すようにあいまいに言って、話題を変えていた。

そんな話を、車のなかで仁絵はしたのだった。「たぶんっていうか、それ、私の友だちのような気がしてしまって」と言い、そうしてたぶん前にも話したことのある鹿ノ子について、あれこれと話した。「人生」ブームでもあること。今回はヨガにはまっているらしいこと。それから、そんな鹿ノ子をしんどそうと思うときと、うらやましく思うときがあるということも。

なんでそんなことを話したのか。

あまりにもまっとうなデートに緊張していたせいでもある。

雄大とおなじラジオを聞きながら仕事をしていることが、うれしかったせいもある。

渋滞をもてあましていたせいもあるし、どこかで、鹿ノ子のような人生をどう思うかを訊いてみたくもあったのだ。

そんなわけで、気がつけば仁絵はずいぶんべらべらと鹿ノ子のことをしゃべっていた。

少し先にドライブインがあるという標識があった。そうして雄大は、不機嫌になっていた。

「そんなさあ」と、仁絵が口を閉じると不機嫌さを露わにした声で言った。「人のこと、あれこれ言うのってみっともないよ。不倫ってひとくくりにできるのかもしれないけど、その人たちにはその人たちの事情があるんだし」

「えー何それ」と、仁絵も不満げな声を出したはずだ。なんとなく話しただけじゃん。聞き流せばいいじゃん。それは胸の内で言った。仁絵だって他人のことをあれこれ話した自分をかっこいいとは決して思っていなかった。

「だってさ」と言ったきり、雄大は黙り、仁絵も黙った。

その気まずいような、ゆき場のないような沈黙が、その日一日を支配した。まぐろを食べても、海にいっても、水族館にいっても、言葉は交わし笑うものの、どことなく空々しかった。空々しいように仁絵には思えた。

その日は夕食も食べなかった。飲めないから、食事にいったってつまらないでしょうと、仁絵は気を遣って言ったつもりなのだが、帰りたいと言外に言っていると思ったのか、そうだな、疲れてるよな、とこれもまたぶっきらぼうに雄大は言い、仁絵の家の近所まで送って、そのまま帰った。仁絵はまたしてもひとりバーで飲んだのだった。

あのとき雄大が不機嫌になった理由が、仁絵にはわかる。人の噂話をしたからではない。雄大が、思い出したからだ。自分の恋を。あのとき、周囲にあれやこれやと意見されたことを。おもしろおかしく雄大の恋を吹聴した人もいたことを。

もし、過去なんてまったく知らない相手だったら、流れはずいぶん違っただろうなあと、メールの返事を書きながら仁絵は思う。何、何か気に障った？　と訊けるだろうし、いや、そんなことの前に、たぶん鹿ノ子の話などしなかったろう。

今日の気分がなんとなく悪いのは、昨日の気まずさのせいか、軽い二日酔いなのか、仁絵には判断がつかない。金曜日とまったくおなじに明るく響くラジオパーソナリティの声が少々恨めしい。

「やっぱりだめなんじゃないのかなあ」

メールの返信を書きながらそうつぶやいたところでドアが開き、おはようございまーすとはきはきした寛の声が響いた。

その日、仁絵はノブオの使いで、鹿ノ子の勤める出版社にいった。訪ねた部署は鹿ノ子のいる部ではない。用事を終え、ちょうど昼どきだったから電話をしてみようかなと携帯電話を出した。漫画や映画のポスターが壁じゅうに貼られた廊下でしばし手のなかの携帯電話を見つめ、しかし結局それを鞄にしまってエレベーターホールに向かう。昨日、雄大相手に鹿ノ子についてしゃべったことが思い起こされ、べつに悪口を言ったわけでもないのに、なんとなく気まずく思えたのだった。

扉の開いたエレベーターにはすでに数人が乗っている。一階にたどり着くあいだに、各階から男女が乗ってくる。周囲の人々を仁絵はひそかに見まわす。皺のないブラウスにワイドパンツを合わせた女性、ポロシャツにチノパンツの男性、スーツを着込んだ男性、だれも彼もが上等な人間に思える。少なくとも、自分よりはずっと上等な人間に思える。仕事ができて、私生活も充実していて、時間の使いかたがうまくて、部屋がちらかっていない人たち。

エレベーターが一階に着き、上等な人たちが次々と降りていく。ずっと開ボタンを押してくれている女性に礼を言って、仁絵も降りる。受付で来客用のバッヂを返し、正面ドアから出たところでばったり鹿ノ子に会った。

「あら、きてたの」

「すごい偶然……でもないか。鹿ノ子さんこの会社の人だもんね」さっき電話を躊躇したことを、ごまかすように仁絵は笑う。

「電話くれたらよかったのに。ねえ、ごはん食べた？」鹿ノ子が訊き、

「いや、まだ」仁絵は正直に答える。

「じゃ、食べよう」鹿ノ子が言い、

「うん、食べよう」仁絵は真似するようにくり返す。

まいったわ、と席に着くなり鹿ノ子は言う。おしぼりで一本ずつ指をていねいに拭きながら、中年男のように首をぐるぐるまわしている。仁絵は笑いたくなるのをこらえて店内を見まわす。一時をとうに過ぎているからか、夜はなかなか予約が取れないらしいタイ料理屋は空いている。髪をひっつめにしたタイ人らしい女の子が注文をとりにくる。仁絵はレッドカレーを、鹿ノ子はパッタイを頼み、

「ランチビール」鹿ノ子は付け足すように言う。「いいよね、まいっちゃってるんだから」

「じゃ、私も」仁絵が言うと、女の子は伝票にそれをかきこんで魅惑的な笑みを見せ、厨房に向かう。

「何、仁絵ちゃんもまいっちゃってる？」テーブルに顔を突き出すようにして鹿ノ子が訊く。アイラインがいつもより濃い。しみも皺もない白いブラウスの襟元に、プラチナ

のネックレスがのぞく鹿ノ子も、さっきのエレベーターで乗り合えば上等な人間に見えるのだろうと、ちらりと思う。いや、鹿ノ子は充分上等な人間だと即座に思い返す。会社のデスクも住まいの部屋もしっちゃかめっちゃからしいけれど、時間の使いかたはうまいし、仕事ができる。

「何があったんですか」仁絵は問いに問いで返した。はぐらかされるかな、と思いきや、

「タッくんが入院したらしくてさあ。でも何がどうなんだかぜんぜんわからないし、病院は聞いたんだけど、いつ妻がいるかわからないから、いくこともできないわけじゃない」

と、おしぼりで執拗に指を拭きながら、鹿ノ子はいきなり本題に入った。

「タッくんって」仁絵はつい笑う。長くつきあっているその恋人のことを、鹿ノ子はいつも、彼が、とか、ヤツが、などと呼んでいて、名前も一度は聞いたことがあった気もするが、すっかり忘れていたところに、「タッくん」である。

けれど鹿ノ子の耳がさっと赤くなったのを見てとって、仁絵は笑ったことを瞬時に後悔する。そのくらい、まいっちゃっているのだ、この人は。

「なんの病気かわからないんですか」

「去年の秋の人間ドックは異常なしって話だったけどねえ。最後に会ったの、四月で、そのときは顔色もふつうだったし」

「あの、そういうの、だれが教えてくれるんですか。入院したとかって」

「ああ、飲み屋の知り合い」

ランチセットのスープが運ばれてくる。女の子が皿を置くのを、仁絵も鹿ノ子も黙って見つめる。鹿ノ子の恋愛の相手は、設計事務所を経営している男だと以前聞いたことがあるが、会うわけでもない相手にさほど興味はなく、家を設計するのか庭を設計するのか、はたまた家具や車を設計するのか、仁絵はよくわかっていなかった。お金持ちのケチではなくて、きちんとかっこいい年相応の男、というイメージしか仁絵は持っていない。おそらく珠子も。

「飲み屋の知り合いって」

「二人でよくいってたバーの。だから、よくわかんないのよね。向こうから連絡がくればいいんだけど、こないところをみるとすごく悪いのかなって思うし。もしかしてもう終わりたがっているのかもしれない。それならそれで、しかたないとも思うしね」

鹿ノ子はようやくおしぼりを手放してスープを飲む。まずカレーが運ばれてきて、パッタイが運ばれてくる。いただきますと二人で言い合い、薄い銀のスプーンと長い箸をそれぞれ手に取る。

「死んだときに連絡こないよな、とか、お葬式いけないよな、とか、もうさんざん考えてきたんだけど、いざ現実になるとあたふたしちゃって、だめだよねえ私も」

今さらながら、仁絵は金曜日のラジオを思い出す。読み上げられたあのメールだかファクスだかは、本当に鹿ノ子が送ったのではないか？　急激に仁絵は後悔する。あんなふうにしゃべるんじゃなかった。自分があんな推測をしたから、今、こんな事態になっているような気さえした。

「その共通のお知り合いの人にもっといろいろ調べてもらうこと、できないんですか。なんなら私、知り合いを装ってその病院にいってきましょうか」息せききって言うと、

「待って待って」あわてて鹿ノ子は片手を振る。「だいじょうぶ、なんとかするから。じきにわかると思う。じきに、って、たぶんそんなに先じゃないから」自分に言い聞かせるように言い、テーブルに載っていたチリペッパーをぎょっとするほどパッタイに振りかけている。何ごともないかのようにそれを食べはじめる鹿ノ子を見ていると、とてもだいじょうぶには思えないのだが、かといってできることは何もない。

それきりもの思いに沈んだように、鹿ノ子は黙々と料理を食べ続けた。仁絵も噴き出す汗をぬぐいつつカレーを食べる。食後に頼んだアイスコーヒーが運ばれてきてようやく、

「あの、鹿ノ子さん、竜胆美帆子のモーニングサンシャインって聴いてますか」

思い切って訊いた。

「え、何それ」

「ラジオです、平日の午前中に流れてる」

「なんだろ？　わかんない。ラジオ聴いてるときあるけど、なんの番組とか注意して聴いたことないから。どうして？」

「いえ、なんでもないんです」仁絵は言ってコーヒーを飲む。そりゃあそうだ、鹿ノ子が自分より年下の、どこか間の抜けた話ばかりしているキャスターに、あんなメールやファクスを出すはずがない。やっぱり昨日、あんな話はし出すべきではなかったのだと、仁絵はもう一度落ちこむ。

「おもしろいの？　聴いてみようかな」恋人の入院の話などしなかったかのように、鹿ノ子が笑う。

その日、六時過ぎに事務所を出た仁絵は、電車を乗り継いで雄大の店に向かった。七時をまわったころに店に着いた。ドアのガラス部分からのぞくと、店内は満席である。カウンターすら埋まっている。一段落つくころにあらためてくるか、と時計を確かめていると、ドアが開いて容子が顔をのぞかせた。開け放たれたドアから、バターや肉の焦げる香ばしいにおいが漂ってくる。客たちのしあわせな喧噪も。

「仁絵ちゃんきてくれたの！　それがね、悪い、いま満席」

「うん、空くころにまたくるよ。何時ならいい？」

「八時半にはいくつかテーブルが空くと思うよ。ひとつとっておく」

「わかった。そんじゃ、あとでね」

仁絵はちいさく会釈して、自分の家に向かう。おもちゃ屋を営んでいたときは、店舗の二階、三階が住まいだったが、店を畳んでから両親は住宅街に引っ越した。建て売りの、似たようなデザインの家に囲まれた一軒家だ。星も月も出ているが、空気は湿気ってふくらんでいるようだ。商店街を抜けると、道は急に暗くなる。会社帰りらしい男女が、街灯に照らされながら歩いている。

鍵をかける習慣のない家のドアノブをまわすと、やはりドアは開いた。

「もう商店街じゃないんだから、鍵は閉めておきなよー」大声で言いながら仁絵は家に入る。

「あら、帰ってきたの、あんたのぶん、ごはんないけど」階段から下りてきた母が言う。

「いいのいいの、あとで雄大んとこで食べてくるから」

「あら、いいわね、そんなら私たちも食べるんじゃなかった。おとうさーん」母親は二階に上がっていく。

リビングとダイニングルームは二階にあり、父親はダイニングテーブルについてテレビで野球中継を見ている。今しがた食事を終えたばかりなのだろう、食卓には煮物の入っていたらしい鉢や、骨だけ残った魚ののった皿が置いてある。母親はそれを片づけはじめ、

「今日なんか余りもの並べただけだもの、あんたがクローバーにいくならいっしょにいきたかったわ、ほんと」なおも言い募る。

「かあさん、ビール」父がテレビに目を向けたまま言い、母はほとんど自動的に冷蔵庫からビールを取り出し、テーブルに置く。父はテレビに目を向けたまま手をのばしてプ

ルトップを開け、グラスに注ぐ。注ぐときだけ、グラスの位置を確認するように視線をテレビから移した。

　なんかすごい、と仁絵は思う。ずっといやだった空気である。洒落たところのひとつもない雰囲気と、意味もなくくり返される会話と、「ビール」「お茶」「あれ」だのといった、単語だけで人にものを頼む父と、それをただされないばかりか、「あれ」すらも瞬時に理解する母と。

　しかしながら、今あらためて見ると、流れるようなこの連係プレイは奇跡に近い何かのように思えてくる。

　あ、と父が言い、母は布巾でコップからあふれたビールを拭き、父は母が拭きやすいようコップを持ち上げている。テレビを見たまま。

　これが奇跡なんて、奇跡の規模としてずいぶんしょぼい、と仁絵は思うが、しかし、一方で妙に心動かされるものがある。おそらくこのあいだ、雄大とかみ合わない会話をしたまま、どちらも取り繕うことなく帰ったせいだろう。

　ずっと長くいっしょに暮らしているとこうなるのだろうか。まるでテレパシーを使うかのごとく相手の要求をくみ、くんだそばから動けるのだろうか。それとも二人はそもそも会ったときから気が合ったのか？　見合い結婚らしいけれど、奇跡のような確率で、相性のいい相手とめぐり合ったのだろうか。

「なあに、そんなところに突っ立って。ビールあるけど、雄ちゃんとこいくなら飲まないほうがいいね？　お茶にしとく？」

「ねえおかあさん」テーブルの、父親の斜め向かいに座って仁絵は口を開く。「結婚ってたのしい？」

父と母が、それぞれ仁絵をのぞきこむ。

「なあにあんた、結婚に興味が出てきた？」母が訊き、

「相手、いるのか」父が訊く。

「連れていらっしゃいよ、私たちいつでもいいわよ」

「そんなな、たのしいかたのしくないかなんて、ゲームみたいなもんじゃないぞ、たのしいことなんか期待するもんじゃない」

「そんなこと言ったらたのしくないことばっかりみたいじゃないの」

「じゃあたのしいか」父が母に訊き、二人は見合わせた顔をまた仁絵に向ける。

「たのしいかって訊かれてもねえ」母は照れたように笑い、父ではなく仁絵の肩を小突く。

父も気まずくなったのかテレビに目を移し、だれも目立ったプレイなどしていないのに「おっ、いいぞ」などと口のなかで言っている。

結婚しなさいとか、いい人はいないのかとか、両親が仁絵に言ったことはなかった。結婚しないでもかまわないと思っているのではなく、気を遣っているらしいのだった。かつて何があったか具体的には知らないまでも、何か娘が恋愛関係でこっぴどい目に遭

ったことは、うすうす感じているのだろう。

仁絵は部屋のなかを見まわす。以前の家が古かったこともあって、ここに両親が引っ越してきたときは、恥ずかしいくらい真新しく、洒落た家だと思った。似たようなデザインの周囲の家々に引っ越してきたのは、三十代の夫婦が多く、その新しさもお洒落さも彼らにこそふさわしかった。ソファとか、テレビとか、ダイニングテーブルなど、いくつかの家具を両親は新調したが、和室に入れる箪笥や食器棚は以前から使っていたものを使い、だから、引っ越したあとの家のなかはひどくちぐはぐだった。新しいものと古いものと、洒落たものと古びたものとが、まったく混じり合わず置かれていて、なんだか倉庫のような家だと仁絵は思っていた。

けれど、そんなに時間がたったわけでもないのに、今見てみるとそれなりに統一感がある。洒落てもいないし新しくもない、父の吸う煙草のせいで壁の四隅は黄ばんでいるし、段ボール箱だの紙袋だの出しっぱなしのチラシの束などでごたついてはいるが、この人たちの家、という感じがする。

単語だけの会話はいやだと思っていたし、何十年も使っている色あせた箪笥はみっともないと思っていた。でもなんとなく、結婚とはそういうものなのだろうと仁絵は思う。以前思っていたような、恋愛の発展形とはまったく異なるのだろう。だとして、私は果たしてそうしたものを欲しているのか？　受け入れられるのか？

「ねえねえ、私もいってもいい、クローバー」

我に返ると母の顔が目の前にある。

「いいけど、ごはん食べちゃったんでしょ」

「あら、あそこ夜はお酒出すのよ。一杯飲もうかなと思って」

「迷惑なんじゃないの、飲み屋じゃないんだし」

「久しぶりに容ちゃんにも会いたいしさ。おとうさんもいく？」

「いや、野球あるから」

「じゃ、仁絵、待ってて。支度してくる」

結局、仁絵は母親といっしょに外に出た。まだ空気は湿っていて、見上げると、さっきは見えた半月が暈《かさ》をかぶっている。明日は雨ね、と同時に空を見上げた母が言う。

クローバーのテーブルはまだいくつか埋まっていたが、さっきよりは混んでいなかった。仁絵はビールと前菜のついたセットを頼み、母親は容子に勧められてシャンパンを飲んでいる。シャンパンを飲む母など仁絵ははじめて見る。

「ねえねえ、雄ちゃん、ひとりなんじゃないの」一杯飲んだだけで目の縁を赤くして、母は機嫌良く言う。

「そうだね、ひとりだね」てきとうにあしらい、仁絵は野菜のマリネを食べ続ける。

「いいんじゃないの、雄ちゃん」母はしつこい。

「いいかなあ」調子を合わせて言ったつもりが、声に本音が含まれてしまったように思えて、ばつの悪い思いをする。しかしながら、本当に知りたくもある。雄大はいいのだろうか。雄大でいいのだろうか。「その根拠は」仁絵は自棄《やけ》っぱちのように母に訊く。

「昔から知ってるし、仲良かったし。雄ちゃん前はいろいろあったしさ、ふらふらもしてたけど、こうしてちゃんとお店ついで、繁盛させて、立派になったと思うよ」

母は感心したように言う。この町は狭く、商店街はもっと狭い。雄大の高校時代の事件のことも、その後のことも、もちろん母親は知っている。

客の姿がだいぶ減って、容子は自分のグラスを持って仁絵たちのテーブルにやってきた。仁絵などそっちのけで母親と話し出す。それぞれの夫のこと、自分の体調のこと。商店街のこと、夏のイベントのこと。話はめまぐるしく変わっていく。仁絵は立ち上がり、厨房に向かう。

残る客は仁絵たち以外一組で、すでに食後のコーヒーを飲んでいる。一仕事終えた雄大は換気扇の下でぐるぐると肩をまわしている。

「あのさ」厨房の入り口で声をかける。

「おう」雄大は軽く右手を挙げる。

「あのさ。こないだ、ごめん」仁絵は思いきって言う。

「え、何」

「雄大の言うとおりだよ。人の恋愛の話なんかしてみっともなかった。悪かった」

「いや、そんな、べつに」

「だからまた、今度どっかいこう」

中学生みたいだと思いながら仁絵は言い、言ってすぐに、その言葉が、ではなく、中学生みたいなことを言ったことが恥ずかしくなり、背を向けてテーブルに戻った。母親たちの連弾のごときおしゃべりに埋もれるようにして、残ったパンで皿のソースを執拗にぬぐい、口に入れる。

本当に、中学生だったらよかったのにと思う。中学生からやりなおせたら。声変わりをして骨格がごつごつしてきた雄大に、恋ができたら。好きな男子の相談に乗ってもらったりするんじゃなく。

「雄ちゃんって彼女いないんでしょ」急に母親が言う。

「いないわよ、いないと思う。だって休み、家にいるし、飲みにいくっていっても男友だちと赤提灯ばっかりみたいだし」

「どうしてかしらねえ、いい男になったのに」

「いい男かねえ、なんにもできやしないわよ、料理以外は。それより仁絵ちゃんは」

「もう、いいよそういう話は」仁絵は言い、もしかしてこの二人で結託して私たちをとりもとうとしたりしないだろうかと思う。とりもってほしいのか、そういうことはしないでもらいたいのか、よくわからなくて戸惑う。あるいはこの二人、そうなってほしいのか、ほしくないのか。そこのところもわからない。それにしても、なんだっておばさんというのはこうもお節介なのか……。

「あっ」

そこまで考えて、仁絵はあることを思いつく。

鹿ノ子。

お見舞いにいけないと言っていた鹿ノ子。私と珠子で、可能ならその飲み友だちとやらにも乞うて、いや、私ひとりでもいい、鹿ノ子をお見舞いにいかせてやることはできないだろうか。どのくらい入院が長びくかわからないが、会えないし病状も訊けないというのはさぞや心細いだろう。

今までずっと鹿ノ子の話を聞くだけだった。その恋人をあんまりいい相手とは思えなかったし、なぜ続いているのかも不思議だった。その気持ちは今もかわらないが、でも、何か、鹿ノ子のために何かしたい。お節介と思われても。そうだ、お見舞い大作戦だ。

「なあに、何か思い出したの」

ウイスキーの水割りらしきものを飲んでいる容子が訊き、

「すごくだいじなことを決めたよ」

仁絵が意気込んで答えると、

「やっぱり結婚しようっ、て？」

二杯目のシャンパンでさらに目をとろんとさせた母が訊き、仁絵はそれを無視する。

鞄のなかで携帯が震え、見るとメールを受信している。雄大からだった。

今週末、飲もうよ。

とある。すぐそこのカウンターの裏で携帯電話を持っているのであろう雄大に向けて、仁絵は返事を打つ。

ラジャ。

古かったかな、と思いながら。

そのバー、ファンクは、目黒の住宅街のなかにあった。にぎやかな通りを抜けて川沿いを歩き、住宅街のなかに入ると、暗い夜道に明かりが漏れている。マンションの一階にある、その店の窓ガラスからの明かりである。窓ガラスの向こうでは三、四人の客がカウンターに座って談笑している。蛍光灯に照らされる彼らの姿は、やけにしあわせそうに見える。珠子と仁絵は、しばらくその場に立ち止まってぼんやりとその光景を眺めていた。

「入ろう」珠子が思い出したように言い、仁絵はひとつうなずいて木のドアに手をかける。

仁絵と珠子が入ると、カウンターの向こうにいる店主らしき人も、客も、全員がぶしつけに二人を見た。常連客以外はめったにこない店なのだろうと思いつつ、

「あの、長谷鹿ノ子さんの知り合いなんですが」

だれにともなく仁絵は言う。ああ、と、店主がつぶやき、客のひとりが頭を下げる。

「どうぞ」カウンターの隅を勧められ、仁絵と珠子はスツールに腰掛ける。

仁絵はジントニックを、珠子は白ワインを頼んだ。それぞれが目の前に置かれると、

「鹿ノ子さん、ここによくきてるって」仁絵は全員には聞こえないよう、小声で店主に言った。

「そうですね、ここ最近は見かけないですけど、よくいらしてましたよ」無精髭の生えた、四十代の後半に見える店主は言う。

「真田さんって方といっしょに」

客はみんな耳をすませているのだろう、その名を口にすると、ひとりが姿勢を変えてこちらをのぞきこむのが、仁絵の視界の隅に映る。

「あ、ええ、そうですね」店主は急に警戒するような声を出す。

「友だちなんです、私、鹿ノ子さんの。それであの、真田さんがご病気で入院されたとここで聞いたというので、そのことについて、聞きたいなと思ってきた次第なんです。鹿ノ子さんが、なんだか訊きづらそうだったので……」

声を潜めるようにして言うが、ぜんぶ客たちに聞こえているんだろうなと仁絵は観念したように思う。それにしても、この人たちはどこまで知っているんだろう。

「こちらもそんなに詳しくは知らないんですよ、そこまで親しくはないし。ここで話す程度だったんで」警戒をさっきよりはゆるめて店主は言う。

「でも、入院されたことはご存じだったんですよね」

「山野辺さんが」思わず、といった感じで客のひとりがカウンターに身を乗り出して言う。

「山野辺さんって、あ、ここのお客さんです」店主がつけ加える。

「山野辺さんがたまたまお茶の水の病院に通ってて、それで食堂で見かけて」

「声かけたら、入院してるって。あああ、声かけなくても、向こうは寝間着だから入院患者ってすぐわかったって」べつの客が言う。

「なんのご病気ですかって訊いたら、ちょっと面倒なことになっちゃって、って笑って、それ以上向こうは何も言わないし、訊けなかったって」

「うちも、お二人はたまにきてくれたし、みんなと軽口交わしたりもしてたけど、たとえばキャンプとか、あ、よく企画するんですけど、真田さんたちはそういうのにくるわけじゃないし、連絡先も知らないくらいなんで、だいじょうぶかなあって話はするんですけど、じゃあお見舞いに、っていうのも、なんだか失礼なような気もして」

と、店主がもそもそとすまなさそうに言う。

病院はわかった。それならば病棟も病室もわかるだろう。ただ、だれがまず様子を見にいくかだ。せわしなく考える。妻や家族と鉢合わせになったらまずい。私や珠子がいくのでも、鉢合わせすれば要らぬ誤解を招くだろうし、そうするとますます鹿ノ子見舞い作戦は難航する。それならば。

「あの、失礼を承知でお願いするんですが、お見舞いにいってくださいませんか」

仁絵は言った。

二人とも三杯ずつ飲んで、バーを出た。雨は降っていないが、空気は湿っている。月も星も見えない。珠子が何も言わないので、仁絵も何も言わずに歩く。野島恭臣とどうなったのか訊きたいが、珠子が話さないということは、とくに進展はないのだろう。

あの、とうしろから声をかけられ、仁絵と珠子は同時にふりむいた。さっきバーにいた女の客が立っている。追いかけてきたのだろう、手ぶらである。

「お二人のこと、私たち、本当によく知らないんですけど」口調が少し酔っている。「でもあの、何かできることがあれば、協力するんで、言ってください、なんでも」同世代くらいだろうか、それとももう少し年上かもしれない。「私たち、っていうか、私、お二人のこと、好きだったんです。好きっていうか、すてきだなって思っていたんです。高校生みたいにいつも見つめ合って話してて。だからご夫婦とかそういうんじゃないんだろうって思ってましたけど。……あ、なんかよけいなことまで、すみません。ともかく、力になれるなら、なりますので」彼女はひょこりと頭を下げると、背を向け、小走りに去っていく。その背に向かって、ありがとうございますと仁絵は言った。

タッくんと思わず鹿ノ子が呼んだ真田拓史という人を見たことがないから、見つめ合う二人というのは仁絵には思い浮かべることができない。鹿ノ子がそんなに情熱的な人には思えない。でも、あの女の人の言うとおりなのだろうとも思う。ずっと長くつきあっていても、恥じることも照れることも、人の目を気にすることもなく恋愛のはじめのように見つめ合っているのだろう。

「ねえねえ、野島さんと見つめ合う？」

駅に向けて歩き出しながら仁絵は珠子に訊く。珠子は噴き出すようにして笑い、「見つめ合うも何も、会ってないから」と言う。現状は変わっていないらしい。「ねえ、今の人」今度は珠子が口を開く。「見つめ合って話してるから、夫婦じゃないんだろうって思ったって」

「言ってたね」

「見つめ合う夫婦っていないのかな」

それは仁絵も思ったことだった。

「見つめ合ってたら生活できないんじゃないの」

答えながら、そうしたものなのかなと、どこか釈然としない気持ちもある。絶妙のタイミングで連係プレイをする両親は、たしかに見つめ合ったりしない。かつて見つめ合った二人の姿ですら、想像できない。あのとき二人を見ていて、両親のありようや結婚というものについて、仁絵ははじめて肯定したい気持ちになったのだが、けれど見つめ合わないのが結婚だとするならば、なんてつまらないのかと思いもする。見知らぬ人たちにすてきだと思われる鹿ノ子とタッくんが、どこかでうらやましいのかもしれなかった。

「でも、そうだね、私も思うことがあるよ、こんなに好きでなければどんなによかっただろうって。好きじゃなければこっちからがんがん連絡して、時間作ってよ、とか言えたかもしれないし、図々しくもなれなれしくもできただろうにな。嫌われたっていいんだから」

その気持ちは仁絵にはよくわかった。ものすごく好きな相手と暮らす、そのことがどのくらい疲弊するだろうかと以前に考えたことがある。でも、とも思うのだ。それなら私たちは、見つめ合うなんてとてもじゃないがあり得ない雄大と私は、結婚に向いているのだろうか。両親を見て、そこにささやかながら奇跡を見るが、そもそものはじめからそんなふうでありたいとは思わない。

「最初は見つめ合っていて、だんだん見つめ合わなくなるのがいいんじゃないの？　見つめ合わない人と結婚なんかしようと思わないじゃん」

仁絵は言う。

「だんだん、ね。そしてダンナはべつの人と見つめ合うのか」

妙に思い詰めたような声で珠子が言い、仁絵はその背を思いきり叩く。

「もう、やめようよ、そんな絵に描いた餅みたいな話」

「いたっ！　それに何よ、絵に描いた餅って。言いたいことはわかるけど、その言葉の使いかたは激しく間違ってるよ」

珠子は笑い出し、仁絵もつられて笑う。川沿いの道は街灯が白い光を放つだけで、ひとけがない。黒く染まった川が、街灯の光をにじませながらひっそりと流れている。いよいよ空気は水気を含んでふくらんでいるように感じられる。

話はまとまった。バー、ファンクの店主、長峰惣一郎の都合がつき次第、彼がタックんを見舞うことになった。来週中にでもいくと惣一郎は約束した。タックんと実際に会って、今のところわかっている病状と入院期間を聞き出す。もし長びくようならば、どのように鹿ノ子が会いにくればいいのか、相談もしてくると言う。作戦、というまでもなく思いの外かんたんにことは進んだ。もしタックんの家族と鉢合わせしたら、かつてバーの設計をお願いしたことがあり、それ以来の飲み仲間だと説明するという嘘まで決めた。

来週には、鹿ノ子は恋人の状況を知ることができる。少なくとも今よりは。その恋愛をあまり好ましく思っていたわけではない仁絵だが、そう思うと少なからず安堵した。

「ねえ、今日はゆっくりできなかったし、ごはん食べようよ。鹿ノ子さんも交えて、作戦会議とかどう？　ヒトちゃん、今週末とかひまじゃないの？」

いいよ、と答えようとして、雄大との約束を思い出す。のばしてもかまわない約束ではある。けれど仁絵は「あ、だめだ、今週末は両方とも。悪い」反射的に答えている。そっか、残念、という珠子の声を聞きながら、雄大との約束をはじめて優先したことに気づく。

4

仁絵が恋をしていたのは、佐藤雅弘という平凡な名前の男だった。彼と知り合ったとき仁絵は二十七歳で、彼はひとつ年下の二十六歳だった。ノブオが装幀を担当したノンフィクション作家の事務所で働いている男の子だった。仁絵は彼とスケジュールの打ち合わせをしたり、できあがったカバーラフを届けにいったり、おもに事務的なやりとりをしていた。単行本ができあがると連絡も途絶えたのだが、偶然、仕事仲間といったバーで再会した。彼はあの事務所はもうやめて、今はカメラの仕事をしていると言った。なんとなく話が盛り上がって、たがいのメールアドレスや携帯電話の番号を交換し、翌週末に二人で飲みにいった。

ごくありきたりな恋のはじまりだと、仁絵は思っていた。それまでの恋と同じように、レストランでの食事があり映画があり、ラブホテルがあった。

佐藤雅弘が既婚者であると仁絵が知ったのは、再会から半年後だった。自分たちは交際をはじめたのだと仁絵がひとり納得してから、四カ月半後。

佐藤雅弘が連れていってくれた居酒屋で、席に着くなり、店主らしき男が「久しぶり、奥さん元気？」と満面の笑みで言ったのだ。注文を聞いて彼が厨房に去ってから、

「奥さんってだれ」仁絵は訊いた。

「ああ、妻のこと」しれっと佐藤雅弘は言い、仁絵は耳を疑った。

「妻がいるなんて言ってなかったじゃない」驚いて言うと、

「だってもう、一年前からほとんど別居みたいな感じで、こっちも妻とか夫って感覚がないんだよ」と雅弘は答えた。「別れることは決まってるんだけど、あっちのおとうさんの具合が悪くなっちゃって、今離婚とかそういう話を聞かせたくないって言われてさ。その気持ちはわかるし、それでも離婚を進めようとするのって、なんかおとうさんが死ぬのを待ってるみたいでいやじゃない。だから膠着状態なんだよね」さらになめらかに言うのだった。

あまりにも自然に、あまりにも決まり切ったことのように言うので、つまり、自分が今できることはとりあえず何もないのだろうと仁絵は思った。このときはまだ仁絵はその恋にのめりこんではいなかった。少なくとも、のめりこんでいないと思っていた。このままなんとなくつきあっているうちに、私にほかに好きな人ができるかもしれない。そうしたらこの妻持ちの男と別れればいいだけの話だ。あるいはその前に雅弘の離婚が成立するかもしれない。それも、そのときになってどうするか——結婚を前提につきあうのか、それともそうしないのかを決めればいいだけのことだ。

そんなふうに思った。だから仁絵は、妻がいると知る以前と、彼との関係を何も変えなかった。約束し合って食事にいき、休みの日に都合が合えば映画にいき、ラブホテルにいき、雅弘を自分の住まいに招いた。都合が合わないときは雅弘はちゃんとその理由を言った。あ、今度の土曜日は水曜日の撮影のロケハンにいかないといけないんで、一日だめなんだ。金曜日の夜か、ちょうどその日打ち合わせが入っちゃって。今度の連休は宇都宮泊まって餃子ばっかり撮りまくることになってるんだ。雅弘の説明はつねに具体的で、さらに質問するともっと具体的な答え――水曜日の撮影って何？　ああ、新人モデルさんの宣材写真を撮るんだ、場所はこっちで決めていいって言われて、海とかそういう自然系にするか、谷中とかああいう情緒系にしようか迷ってて――が返ってくるので、仁絵は何も疑わなかった。本当に妻とは疎遠なんだなと、その妻が気の毒になったほどだ。

妻だけでなく子どももいると仁絵が知るのは、それから一カ月後で、さらに、雅弘の仕事はカメラマンではなく編集プロダクションのアルバイトであると、二カ月もしないうちに知った。

しかしながらそのどちらにも、雅弘の言いぶんがあった。二歳になる子どもは別居して実家にいる妻が育てており、その子どもは自分以外の男の子どもだと雅弘は話した。そもそもそんなことがあったから離婚の話が出たのだと言う。このことは病気で伏せっている妻の父親にはひた隠しにしているとも雅弘はつけ加えた。妻と妻の実家の家族は、ともかくひたすら平穏に父親を見送ることだけに今は心を砕いていて、ずいぶん勝手だと思うが気持ちがわからないでもない、と言う。仕事に至っては、ついこのあいだまではアシスタントをしていたと、仁絵の知らないカメラマンの名を挙げた。商業的な写真を多く撮る人だから一般的に知られているわけではないよ、と説明する雅弘が言うには、この不況で写真家もアシスタントを雇えなくなり、それでも責任感故にかつて仕事したことのある編プロをさがしてきてくれた。だれであれ半年間はバイト扱いということになっているけれど、半年後には社員になると決まっている。

もし、珠子からその話を聞いたら、その人ちょっとおかしいんじゃないの、と言っただろうと仁絵は思う。あるいは、初対面でそんな話を聞かされたら。まるで好意を持っていない知り合いに聞かされたら。言っていることが嘘だとは思わないにしても、けったいな人だとは思ったはずだ。

でも思わなかった。なんだかいろいろたいへんなんだなあと思った。えらいなあ、とも思った。つまり、信じたのだ、全面的に。

だって疑う要素はひとつもなかった。あったとしても、その疑問を口にすれば雅弘は具体的に答えるのだ。その答えのひとつひとつに仁絵は矛盾を見つけることができなかった。

そして、そんなやりとりだけが二人のつきあいではもちろんなかった。居酒屋でしこたま酔っぱらって笑う夜があり、雅弘が予約した評判のイタリア料理店でおいしいと言い合う時間があり、公園のボートに乗ってはしゃぐ休日があり、映画の感想をまじめに言い合ううち空が白むのを見た夜更けがあり、ちょっとしたいき違いでもう会うのなんかやめようとあまやかに諍《いさか》う長電話があった。気が遠くなるほどうっとりする口づけがあり、自分が壊れていくように思えるほど新鮮な性交があり、ぴったりとくっついて眠るときの、手放したくない体温があった。

　そうしていっしょに過ごしてわかったことのひとつに、雅弘の、仕事に対する野心のなさがあった。仕事にやりがいなど見つける必要はないのではないかと、彼は言うのだった。おもしろいことはもっとほかにもあって、たとえば作るでも食べるでも、料理。映画、小説、美術。旅行。スポーツ。仕事に費やす時間も気力も、そうした趣味に使って生きたほうが何倍も充実すると思う、と言う雅弘は、たしかに、飲食店に詳しかったし、フットサルのチームで定期的に練習や試合をしていたし、仁絵の知らないカルト映画や芸術家たちにも詳しかった。

　美大を出てノブオの事務所で働き、珠子をはじめフリーランスで働く友人が多い仁絵は、仕事への野心の無さというのは新鮮だった。事務所の仲間も、アルバイトの子すらも、大学の同級生たちも、みな、認められたい、自分の名で仕事がしたい、絵なら絵、デザインならデザインだけで食べられるようになりたいと思っている人たちばかりだったから、そういうものだと自然仁絵は思いこんでいたのだった。だから、いつも気後れしていた。何かをやりたい、名を成したい、成功したいと強く思っていない自分は、だめなやつなんだろうと思っていた。

　雅弘の考えと、その考えを実践しているらしい日々は、仁絵を楽にした。この人といるとなんか楽だ、と思ったときには、おそらくもう、のめりこんでいたのだと仁絵はあとになって、言葉にして考えた。もちろんそのときはまだ、その恋が自分にとってどんなものであるのかという自覚などなかった。そのほかの恋とおんなじだった。ただ、今回は終わらないかもしれないなという予感だけが、かすかにあった。

レストランの支払いやラブホテル代を仁絵が出すようになったのは交際して一年もたたないころだった。編プロでよくしてくれている社員が独立をもくろんでいて、自分を誘ってくれている、と雅弘は話した。事務所を新しく借りたり、引っ越したりして今激貧、悪いけど落ち着くまでちょっと贅沢できなくて、と雅弘は言い、そんなふうに金銭事情まで話してくれるなんて、私を信じてくれているのだと仁絵は思った。

それまで奢ってもらったことは幾度もあったのだし、自分が払うのはやぶさかではなかった。そうして雅弘は、会計を頼む前に仁絵から紙幣を受け取り、いったん自分の財布に収めてから従業員にチェックを頼んだ。払っているのは女ではなく自分なのだという、店の人や他の客に対するちいさな見栄らしいそんな行為も、そのときの仁絵には気にならなかった。うええ、そんなやつサイテー、と珠子は言ったけれど。

仁絵が自分の部屋に雅弘を招くことも増えた。お金のことを気に病みながら外食をするよりも、手料理でもてなされるほうが雅弘も気が楽だろうと思ったのである。実際雅弘はそれをよろこび、一年もたつころには、デートは必ず仁絵の家での食事、性交も仁絵のベッドでのことになった。映画も公園も、遠出も一泊旅行もなくなった。

　自分の住まいで過ごす時間が増えると、仁絵は生活を思い浮かべるようになった。終電で帰るのではなく、夜遅くとも毎日雅弘がここに帰ってくる。休みの日には片方が洗濯をし、片方が掃除機をかける。ひとりでスーパーにいき重い荷物を持ち帰るのではなく、二人で手をつないで買いものにいき、重いものは持ってもらう。そんなふうな暮しは、今すぐそこまでやってきているように思った。だから、スーツ必要なんだけどお金なくて、とか、カメラ修理出したいんだけど、などと言われると仁絵は当たり前にお金を出したり、デパートでクレジットカードを出したりした。だって彼は少し未来の家族なのだし、それに、雅弘が金額を口にすることは一度もなかった。五万貸して、とか、十万貸して、などとは決して言わない。スーツだって、量販店の一万九千八百円のを買うと雅弘が言ったのを、それじゃあ格好悪いと十万円以上するブランド品を仁絵が無理やり試着させて買ったのである。

　そうするうち、一カ月のカードの支払いや家賃光熱費が、給与を上まわるようになった。定期預金から借り入れてお金を使っていたが、それが心許なくなってきたときはじめて仁絵は焦った。ノブオに給料の前借りなどぜったいにしたくなかったし、それまで友人にお金を貸してほしいなどと言ったことがなかった。消費者金融はおそろしいイメージしかなかった。

　そうして仁絵は、雄大に相談したのである。アルバイトをしてはふらりと旅にいく暮らしをしていた雄大は、仁絵の友人知人のなかでもっとも貧乏に違いなかったが、彼しか相談する相手が思いあたらなかった。

最初は、雅弘のことなど話さずに、ただ経済的に逼迫している話だけをした。けれど居酒屋のカウンターで話すうち、聞き出される格好で雅弘のことを話し、話し出したら止まらなくなった。もちろん、経済的逼迫の原因としての雅弘ではない、近い将来結婚することになるだろう恋人としての雅弘の話である。そういえば、サイテーと言われてから、珠子には雅弘の話はしなくなっていたことを、いや、そもそも連絡すらあまりとらなくなっていることを、夢中で話しながら仁絵は思い出していた。

話の途中で雄大は、おかしい、と言い出した。その話、なんかおかしい。てか、その男、なんかおかしい。

どこがよ？　と仁絵はむっとして訊いた。雄大が嫉妬しているのではないかと、このときは本気で思った。結婚につながる恋をしている幼なじみにたいして。

雄大は淡々と、おかしいと思う点をひとつひとつ挙げていった。そして、こうまとめた。

「つまりその人の言ってたことってぜんぶ嘘だったんじゃん。仁絵が何か言えばその都度言いなおしてるけど、それも嘘じゃないってどうして言い切れるのさ」

仁絵はあんまり頭にきて、あんたみたいな無職に何がわかる、と言い捨てて、お金も払わずに席を立って帰った。なんにも反論できなかったから頭にきたのだと、気づかなかった。私は間違ってない、そうくり返しながら帰った。

　この日から仁絵は、雅弘にメールを送らずにいられなくなった。朝起きて携帯電話を手にする。今日は会えないんだったよね、夜は何してるの。昼休みにまた携帯電話を手にする。お昼、何食べてる？　今日はどこで仕事なんだっけ。夜、帰りの電車に揺られながらまた携帯を取り出す。今何食べてる？　今どこ？　打ち合わせの相手と落ち合った？　どこの店にいくんだっけ。今何食べてる？　今どこ？　よければ写メ送って。二次会はありそう？　二次会はどこにいくの。明日の朝は何時起きなの？　だいじょうぶ？　モーニングコールしてあげようか？　十二時過ぎたけど、まだ飲んでるの？　今はどこに移動したの？　何時くらいに終わりそう？　返事ないけど、お開きになったの？　もう帰った？　それともつぶれているのかな。心配だから返信ください。

　そうしながら、仁絵は思っていた。私は間違ってない。間違ったことをしていない。最初のうち、雅弘は律儀に返信をしていた。詳細が書かれているのは以前と同じだった。西麻布にある作家先生御用達の焼肉の店だよ、裏メニュウ出してもらってる。二次会、ゴールデン街にいくか近場にいくかで、今揉めてる。だいじょうぶ、明日はゆっくりめだから心配しないでいいよ。

　けれどだんだん、返信は減った。減ったのは返信だけでなく、雅弘が仁絵の住まいを訪ねる回数も、雅弘が仁絵からの電話に出る回数も、減った。

　携帯の留守番電話にメッセージをいくら吹きこんでも電話はかかってこず、そうしてみてはじめて、仁絵は佐藤雅弘という人について何も知らないことに気づいた。どこに住んでいるのか。前の会社の人とともに立ち上げた編集プロダクションはなんという名で、どこにあるのか。何も知らない。

途方に暮れた仁絵は、はじめて会ったときに雅弘が働いていた、ノンフィクションライターの事務所にまで連絡をした。事務所の人たちはだれも雅弘のことを知らず、打ち上げの席で一度会ったきりのノンフィクションライターがわざわざ応対してくれた。当時の住まいの住所と電話番号を教えてくれながら、

「あんまり信用しないほうがいいよ」と彼は言うのだった。「うちにいたときもさんざんだったから。仕事は適当だし、都合悪くなると嘘つくし、人のせいにするし。ちょっとしたカオスに陥ったよ、彼がいるときは」

仁絵はそれもまた、信じなかった。わざわざ連絡先を教えてもらったというのに、雄大と話したときと同じように不愉快に思うだけだった。結局その電話は使われていなかったし、訪れたマンションのポストには異なる人の名前があった。仁絵はマンションの管理をしている不動産屋にいき、お金を貸したまま行方がわからなくなったので転居先を知りたいと嘘をつき、そこから雅弘が移った先の住所を突き止めた。個人情報保護法がようやく制定された前後のころだった。

千葉の我孫子《あびこ》という、いったこともなかった場所を、休みの日に仁絵は訪れた。地図を頼りにさがしあてたのは、巨大な敷地に何棟も建つ公団住宅だった。E棟の201号室を押すと、出てきたのは女だった。髪を茶色に染めて眠そうな顔をしていた。佐藤雅

弘さんの、と仁絵が言いかけると、「もうくんな、ばーか」と閉めた扉の向こうで言った。背後で子どもの泣く声とテレビの音がしていた。

あれが別居中の妻と、ほかの男の子どもか。たまたま帰ってきていたのか。なんだか頭の悪そうな女の人だったな。玄関も散らかっていたし。仁絵はそう思いながら集合ポストを見た。名札のないポストをそっと開けてみた。分厚くたまったチラシのなかに家電ショップや美容院からのDMがはさまっていた。佐藤雅弘様。佐藤依子様。ずっと長いことそこに入っているのだろう葉書や封書は、湿気を吸ってふにゃふにゃしていた。

仁絵はそれらをチラシのあいだにしまうと、知らない町を駅に向けて走った。駅で携帯電話を取りだして、履歴にもうその名しかない名前を呼び出して発信ボタンを押し、留守番電話に切りかわると早口で言った。

あなたの住まいに別れるはずの妻が居座っているから早く出ていってもらった方がいいよ、それから私ともう会いたくないのだったらそれでかまわないので、一度だけ最後にホテルに泊まりませんか。どうか連絡ください。待ってます。連絡ください。

連絡はこず、数日後にかけてみると、この電話番号は使われていないというアナウンスが響いた。

この顚末を、仁絵はまたしても雄大に話した。雄大にしか話せなかった。やっぱり嘘だったのかな、とおそるおそる言ってみた。前回とおなじカウンターで、信じられるどの材料があるのか、逆に教えてほしいよ、と雄大は言った。ぜんぶ嘘だった可能性もあるとようやく思い至って、仁絵はぞっとした。子どもはほかの男の子ども。カメラマンのアシスタント。餃子ばっかり撮りまくる仕事。編集プロダクションの社員と独立する。必要だったスーツ。西麻布の焼肉屋の裏メニュウ。ぜんぶ嘘だったとしたら、私はいったいどこのだれと手をつなぎ、映画を見、部屋でともに食事をし、性交していたのだろう。

だから言ったじゃないか、だいたい結婚しているとわかった時点で何か思うべきだったんだよと、雄大は話し出した。仁絵がずっと黙っていると、そんなの恋愛でもなんでもないんだから、早く忘れるべきだとくどくどしく言い出し、雄大は雄大なりになぐさめてくれようとしていたのだと仁絵が冷静に思うのはもっとずっとあとのことで、そのときは、馬鹿にされている、笑われている、呆れられていると思った。それで酷いことを言った。警察の世話になったあんたよりは私はましだ、と。雄大はそれを聞くとぴたりと黙り、そりゃ、そうだわな、と言った。それから店を出るまで、何も言わなかった。

ああ終わったと、仁絵はそのときようやく思った。佐藤雅弘とのことがようやく終わったと、なぜかそのとき思ったのだ。

終わった、というのはしかし、佐藤雅弘と知り合う以前に戻れたということとは違った。何もかもが違ってしまった。仁絵は自分を信用できなくなったし、恋愛に臆病になった。雄大とはぎくしゃくしていた。仕事へのささやかなる熱意も戻らなかった。恋愛でも友だち関係でも、だれかとかかわることが、かかわろうとすることが徹底的にこわくなった。

終わって解放されながら、ひどく孤独だった。透明のカプセルのなかで、ひとり立ち尽くしているような感覚がずっとあった。そうしながら、仁絵は前とは違う意味合いでもって、自分にくり返し言い聞かせた。でも、私は間違ってない。借金だって結局、消費者金融のATMから五万円借りただけですんだし、それももう返済した。雄大とはぎくしゃくしているが、珠子とはまた仲良くなれた。間違ってないし、ラッキーなほうだ。

最初から順を追って思い出す。出会ったとき、最初のデート、最初のメール。次の段階。次の段階。会えなくなったとき。その次の段階。どこで何を間違えたのか、やはり仁絵にはわからないのだ。だからそう思うしかなかった。私は間違ってない。何も間違ってない。だから、だいじょうぶ。何がだいじょうぶなのかわからないまま、呪文のように自分に向かってそう言い続けた。

今に至るまでちゃんとした恋人ができなかったことと、その（だれにとっても）意味不明な恋愛体験と、やはり密接なつながりがあるのだろうと仁絵は思っている。つまり、いかように不可思議な恋愛だったにしても、このくらいの長い時間、あんな奇妙な関係でも、何かを奪うほどの異様な力を持っていたらしいと。

5

ドライブでなくて仁絵はほっとしていた。待ち合わせは湯島駅で、ずいぶん昔二人で幾度かいった天麩羅屋にいくことになっていた。昔ながらの店で、客のほとんどが近所の中高年か、その家族連れ。なんか和っぽいものがしっかり食いたい、それなら鮨？天麩羅？　お、天麩羅いいね、そういやあそこ、覚えてるか？　というようなやりとりののち、決めたのだった。

待ち合わせより五分早く着くと、雄大はもう改札口に立っていた。携帯電話をいじっている。ふと、メールの相手はもしかしてかつての恋人じゃないかと思ったのは、前の日に自分のかつての恋を思い出していたからだろうかと仁絵は考える。改札をくぐって近づくと、雄大は気づいて顔を上げ、に、と笑う。よう。仁絵は片手を上げる。やっぱりどぎまぎなんかしないわな、と思いながら。

白木のカウンターに座り、ビールで乾杯する。六時半を過ぎたばかりなのに、店内はもう客で埋まっている。カウンターに着いているのは老夫婦、老婦人のひとり客、老紳士の二人連れ。背後のテーブル席には祖父母とその子ども夫婦、小学生くらいの孫ひとり。あいかわらず地元客らしき人ばかりだ。

「おまかせで」雄大が言うと、カウンターの向こう、白髪の店主が、

「ずいぶんお久しぶりですね」と、雄大と仁絵に笑いかける。

覚えていたのかと仁絵は驚く。最後にきたのがいつなのか、自分は覚えていないのに。そしてなんだかちょっとうれしくなる。雄大を見ると、彼も照れくさそうに笑って仁絵を見る。

「おれもあんなふうにお客さんの顔を覚えたいけど、なかなかむずかしいんだよね」

雄大が言う。

「だって雄大ってさ、担任の先生の名前だって覚えたことないよね」

「記憶力の問題なのかな、ほら、いい店ってなんか覚えててくれるじゃん。とくべつな上客でも常連客でもなかったのにさ。ああいうの、こっちとしてはなんかうれしいよね、っていうか、もっと若いときはこんな感覚わかんなかったけど」

「ああ、わかる、そうだよね。今もなんか私うれしかったもん。昔もここに座ったたってことを知っててくれる人がいるんだな、っていうか。大げさだけど」

「そうなんだよ、しかもさらっと言われるのがうれしいじゃん。親父はそういうの得意だったんだよな。おれもどうにか努力すれば覚えられるようになるかな。一応、お客さん帰るとき、直に挨拶するようにはしてるんだけど」

ああ、本当に雄大は地に足が着いたなあと仁絵は思う。洋食屋のあるじ然として、夢見がちではない、大それてもいない、どちらかといえばちいさな、だからこそむずかし

そうな夢をこんなに自然に語っている。皿に敷かれた和紙にそっと海老が置かれる。海老のわきに頭の天ぷら。あつあつのをそれぞれに頬ばって、顔を見合わせる。おいひいね、と熱さに息を逃しながら言い合う。そうしてちらりと、仁絵は、ときめいたりはしないけれど雄大のこういう話を聞いているのは好きだ、と思う。

ビールを冷やに切り替えて、きす天を食べ、イカを食べ、茄子を食べアスパラを食べながら、雄大は、勢いづいたように仕事についてあれこれ話した。デザート専門の作り手を雇おうかと思っているとか、反対されているがまた店内改装をしたいのだとか。まだ七時半、先に食事をしていた老夫婦の夫が舟を漕ぎ、妻がカウンターの内側の若い従業員と話しこんでいる。前はいなかった割烹着の若い男は、横顔が店主にそっくりだからきっと息子だろう、と雄大の話を聞きながら思う。

「雄大は本当にしっかりしたよねえ、放浪していたころが信じられない」

半年間まったく連絡もなく、どこにいるのかもわからず、あんなのはもう息子と思わないからどこででものたれ死ねばいい、と容子が言っていたのを仁絵は思い出す。せいいっぱいの強がりを言っているのだということが、泣いていないのに赤く染まった鼻の先でわかった。とくに高校時代の事件のせいで、容子にとって雄大はどちらかというと「もろい子」に分類されていた。

その後、そんなことばかりがくり返されて、みな慣れてしまって、八カ月ぶりに雄大がふらりと帰ってきても、「あら、どうしたの」などと言うようになったのだけれども。

「ああいう日々があるから、こんなふうに立派な男になったと思うんだけどなあ」雄大はふざけて言うが、またしてもまじめな口調に戻り、ベトナムの、ある村で見た食堂の話をする。

その村には店を構えた商店なんてなくて、一本だけ通ってる舗装道路のわきに、ペットボトルに入ったガソリンやガムや飲みものを売る屋台がぽつぽつあったり、ビニールシートに古本をどさっと並べたのが本屋だったりするんだけど、その村に一軒だけ、屋根のついた店があって、それが食堂なんだ。出てくるメニュウはひとつ、その日の日替わりだけ。でも各テーブルには茶菓子が置いてあって、食べたぶんだけ払うシステムになってる。

その村は電気が通っていなくて、テレビなんかも隣の村までいかないと見られないようなところで、娯楽といえばカラオケ。その食堂にはラジオがあって、営業中はずっと流れているんだけど、このラジオに、カラオケ番組があるんだよ。夜の八時から一時間、延々、曲だけ流れる。その番組の時間になると、村のみんなが集まってきてさ、順番に曲に合わせて歌うんだ。この時間帯は食事をしてもいいし、しなくてもいい。村の人たちに開放されてる。

その番組が終わると、帰る人は帰る。残る人は残って、ふつうに戻ったラジオ聞きながら、お茶飲んだり、自家製ビール飲んだり、日替わり定食食べたりしてる。ラジオの言葉はわかんないんだけど、不思議と、あ、おもしろいこと言ってると思うとみんな笑ったり、これは政治的なニュースだと思うとみんな真顔で宙を見つめていたりする。屋根を組んだだけで、壁はない食堂なんだけど、夜に遠くからここを目指すと、いいんだ、すごく。真っ暗ななかにランプの明かりが浮かび上がって、音楽が聞こえてきて、笑い声や話し声が聞こえてきて、それでそれぞれのテーブルに着く人たちの姿が見えてくる。しあわせってどでかい何かかと思ってたけど、そうじゃない、ちっこいことなんだなとか思うわけ。

「あの店がおれの理想なんだよ」

雄大がいきなり仁絵をのぞきこんで言うので、仁絵は落ち着きなく目をそらし、嚙んでいたイカを飲みこみ、うなずく。

「仁絵は前に言ってたけど、予約の取れなくなる店になりたいんじゃない。近くの人たちが自然と集まって、料理がうまいとか言い合うよりはさ、料理の味なんか忘れて、自分たちの話をそれぞれできるような、なんでもないけど大切な場所っていうか」

「そっか、雄大はすごいね、ちゃんと考えてるんだね。旅もしておいてほんとよかったよ」

しみじみと仁絵が言うと、

「なんだよ、照れるじゃん」

実際に照れているのだろう雄大は、仁絵の腕を軽く小突く。

「仁絵はさ」それぞれのお猪口に日本酒をつぎ足しながら、雄大がぼそりと言う。「あんま、おれに仕事の話とかしないよね」

　どきりとする。どきりとしながら、

「そうだっけ」しらばっくれてみる。

「今日さ、店休みだし、昼間、町出てあれこれ見ててさ、本屋でなんかいい表紙だなって手にとって見てたら、最後に仁絵の名前があって、え、って声出しちゃった」雄大は笑う。「いや、そういう仕事してるのは知ってるけど、こういう本作ったとかあんまり話してくれないし、よくわかんない世界だから、ああやって印刷された名前見るとびっくりするよな」

「なんて本」訊くと、雄大は本のタイトルを言った。

　三年ほど前に出版された、料理研究家のレシピ本というよりは料理エッセイである。写真がなく、料理にまつわるエッセイとレシピ、活字だけで構成された本で、だから表紙も料理写真ではなくレストランの写真を使ったのだった。揃ってよそいきを着た家族がレストランのテーブルで食事をしている昭和の写真を、遠景で。ノブオに全面的に任された仕事で、奥付には、事務所の名前とともに仁絵の名前も書いてある。

「クローバーに似てるからいいなって思ったんじゃない」

「そうかもしれないけど、なんか、しあわせな記憶って感じのいい写真だし、ちょっと淡くて夢のなかみたいなのもよかった」

　ありがとう、と仁絵は素直に言う。

「ラストは天茶になさいますか、天丼もありますし、持ち帰りでも」

天茶で、と自然に声が合わさる。前に幾度かきたときも、そういえば必ず天麩羅茶漬けで締めていた。

「なんかときどき、おればっか自分のこと話してて、馬鹿みたいな気分になるときがある。仁絵ももっと話してよ」お猪口の日本酒をくっと飲み干すと、すねるような甘えるような怒ったような口ぶりで雄大が言う。

だってさ。胸の内で仁絵は思う。だってさ、雄大みたいに夢中になったりしていないからさ。

あの不可思議な恋愛に翻弄されていたとき、仁絵は、仕事にやりがいを求めるなんて間違っていて、プライベートこそ充実させるべき、という雅弘の言葉に全面的に賛成した。あれをやりたい、これをやりたいと仕事で思う自分はあさましいとあのときは思った。けれど気がついてみれば、仕事も、プライベートも、ぐちゃぐちゃだった。佐藤雅弘にかまけていたあいだはミスばかりして、仕事仲間がフォローしてくれていたことに気づいたが、それを挽回しようという気も起こらなかった。

そうして佐藤雅弘との関係が終わってからは、雅弘の主張とはまったく異なる意味で、仕事にたいしてのやる気が失われていた。働きはじめたときのような熱意は戻ってこず、かといってプライベートも充実どころではなかった。もしかして、仕事が充実しているからプライベートもそうなるのではないかと仁絵は思うのだが、どうすれば仕事で充実感が得られるのかもわからなくなっていた。もちろん嫌いな仕事ではないし、ノブオのことは変わらず尊敬している。でも、何かをしたいという希望がない。失敗せずに日々やっていければいいと思うだけだ。全面的に任されていた装幀やデザインの仕事も、おそらく仁絵は無難すぎるせいで、最近では香菜のほうが仕事が多い。それでも仁絵はいっこうにかまわないのだった。そのことを、けれど雄大には知られたくなかった。

「でもさ、どうしてそんなこと言うの。そんなこと、今まで言わなかったじゃん。私の仕事について訊いたこともなかったじゃん」

だからかわりに仁絵は言った。もちろん本音でもあった。天麩羅茶漬けがそれぞれの前に置かれる。うわ、とちいさく歓声を上げ、食べはじめる。おいしいね、おいしいねとしばらく言い合う。あっという間に平らげて、残りの日本酒を飲みきると、絶妙のタイミングで冷えたお茶が出てくる。お会計、お願いしますと雄大が言い、仁絵は財布を取り出すが、いいよここは、と雄大が支払う。ごちそうさまでしたと笑顔で言い合って店を出て、大通りを駅に向かって歩きはじめ、さっきの問いは当然無視されたんだろうと思った矢先に、

「仁絵との将来をおれまじめに考えてるんだよ」と隣を歩く雄大が無愛想な声を出した。

「べつに洋食屋のおかみになってほしいとか思ってないしさ。だけど相手がどんなふうにどんな仕事してるのかは知っておきたいじゃん。この仕事が今おもしろいとかつらいとか、ふつうに話したいじゃん」早口で言ってから、「どうしよう、ここいらでもう一

軒いく？　それともそっちの最寄り駅とかに移動して飲む？」雄大は仁絵を見下ろして訊き、

「へ」仁絵の口から間の抜けた声が出る。しょうらい。心の内で、そっとくり返す。

バーを出るころには酔っぱらっていて、足元がおぼつかなかった。手を引いているのは雄大だとかろうじてわかる。空気はみっしりと重量があるように暑い。

「だからさ、ときめかないんだよ」仁絵が言うと、

「それは何度も聞いたよ。おれもだよ」手を引く雄大が叫ぶように言い、首をのけぞらせて笑う。

「そんなの、なんかおかしくない？　うまくいかないよきっと」仁絵もなんだかおかしくなる。

「あんた、それ言うの今日五十回目くらいだよ、うまくいくかな、じゃなくて、うまくいかせるんだよ」

「なんでうまくいかせるの」訊きながら笑いがこみ上げるが、何がおかしいのか仁絵にはもうわからない。

「だーかーらーもう何度も言ったじゃん。ときめくとかさ、我を忘れるとかさ、おれもうやなんだよ。なんかちゃんと暮らしたいの」

「でもさ、そうやって暮らしててうまくいかなくなったとき、人はさ、ときめいたころ

のこと思い出して、ああ、こういうこともあったな、だからまだがんばろうかな、と思うんじゃないの？　私たちにはそういうのがないじゃん」

「それもさっき、あんたうんざりするくらいくり返してたよ。うまくいかなくなったときにふりかえるのがおかしいんだよ、ときめいたころを思い出すんじゃなくて、その先どうやったらうまくいくかって二人で考えるんだよ」

「でもそれって、なーんか言葉のあやっぽい」

「言い出したのはあんただろ！　あんたとなら、ふりかえらなくたってやっていけるって、もう、言葉を尽くして語ったじゃん」

そうか、バーでこの会話はくり返しなされたんだなと仁絵は理解する。もう一度、雄大の声を再生する。ときめくとか、我を忘れるとか、もういい。それってつまり。

「それってつまり、私ならときめかないし我を忘れるほど好きになったりしないから、ほどがいいってことじゃないの？」さっきまであふれていた笑いが、いつのまにか怒りに変わっている。怒りか、失望か。

「きちんと地に足の着いた生活が、あんたとならできるってことだよ」

「つまり私ならばあのダンサーだか女優だかほどのめりこんだりしないからってことでしょ？」仁絵は言いながら、ああ、言っちゃったと思う。え、ってことは、私は。続きを引き受けるみたいに、雄大がわめく。

「なに、あんたはのめりこんでほしいわけ？　じゃああんたは、あの嘘つき男に骨抜きになったようなことをくり返したいと思ってるわけ？」

うるさいぞ！ どこかの窓が開き、野太い怒鳴り声が夜に響く。雄大と仁絵は顔を見合わせ、悪さが見つかった子どものように首をすくめて逃げるように走り出す。走っているうち仁絵は笑い、それにつられて雄大も笑う。雄大がつんのめって転び、手をつないでいた仁絵も引っ張られて転び、したたかに肩と膝を打つが、まったく痛くない。痛くないことがおかしくてまた笑う。そのまま仰向けになると夜空が巨大な布地のように頭上を覆っている。空は深い紫色で、中途半端に楕円形の月がかかっている。いくつか星も見える。

「雄大はさ、あちこち旅して、満天の星って見たことある？」

そんなどうでもいいことを、寝転がったまま仁絵は訊く。

「ああ、あるある。モンゴルとかオーストラリアとかラオスとかで見た」

「いいなあ、雄大はいろんなきれいなものを見ていて」

「そんなの、旅しなくたって見られると思うけどな」

「満天の星に比べたら、こんな夜空はしょぼいよねえ」

実際しょぼい夜空だなと仁絵は思う。中途半端に薄明るくて、星は布地に空いた穴ぼこみたいだ。満天の星を、仁絵は見たことがない。いちばんたくさん星を見たのは、きっと友だちと旅した北海道で見た夜空だ。

「それがけっこうきれいでもないんだよ、その言葉ほどには。ガラスの破片が散らかり放題に散らばったみたいで、なんつうか、グロい。グロいとおれは思う」ゼエゼエと息をしながら雄大は言う。視線を感じて仁絵は横を向く。雄大が首を傾けてこちらを見ている。額を地面ですったらしく、血がにじんでいる。それがおかしくてまた笑う。雄大も笑う。よだれを垂らしている。雄大が顔を近づけてきて、ああ、くる、と思う。雄大の生あたたかい舌が仁絵の舌をなめる。ああ、なんとやわらかいとため息をつきそうになる。くちびるが離れたとき、驚くほどさみしくて、そのことに照れた仁絵は、「よだれまみれでサイテー」わざと言う。

「なあ、結婚しようよ仁絵ちゃん」

なんと色っぽくない求婚だろうか。仁絵は深く失望しながらも、よだれと血を流している雄大がただひたすらにおかしくて、笑う。

6

店の外でみんなとひとりずつ笑顔で抱き合って手を振り、それぞれがタクシーに乗るのを見届ける。はじめは同期入社して、今はフリーのナレーターをしている真喜子と二人で飲んでいたのに、気がつけば六人くらいのグループで飲んでいた。たった今去っていった彼らの名前はすでに思い出せない。竜胆美帆子は時計を見る。三時近い。家に帰るより、局にいって仮眠しようか。しばらく迷い、暗闇に浮かび上がる空車の赤ランプに向けて手を挙げる。

後部座席に座り、自分の住まいの場所を告げたあと、美帆子は携帯電話を見る。着信もメール受信もない。と、携帯電話がぴかりと光りちいさく震えてメールを受信する。たった今別れた真喜子からだった。

たのすかった、ありがとう、先にタクシーありがとね。たいちょうぶ、みほはきっとうまくいくかせら。

酔っぱらっているのだろう、ろれつのまわらないような誤字にちいさく笑う。

以前は十時きっかりに寝ていた美帆子だが、ラジオ番組のコンセプトを変えてからそういう決めごともいっさいやめた。飲みにいきたければいき、日をまたいで飲みたくなればそうした。それでも一時には帰っていた。翌朝はどちらにしても五時に起きなければならないから。

深夜三時、四時まで飲んで仮眠し、ときには五時まで飲んで、そのまま眠らずに局に向かうようになったのは、この一年ほどである。夫が家を出ていってから。

テレビの制作会社に勤める夫と美帆子は八年前、美帆子が三十を過ぎたばかりのころに結婚した。子どもはできず、おたがい仕事が忙しかったから、できない理由も深く考えないまま日を送っていた。それぞれに忙しいからすれ違いも多かったが、それでもたのしい日々だった、と美帆子は思う。休日が合えばなんだかものすごくうれしくて遠出をし、ときどき友だちを招いてにぎやかなパーティをした。

美帆子が、はじめてのメインパーソナリティになったときも夫は美帆子以上に喜んでくれた。今日タクシーに乗ったら美帆子の声が聞こえてきて、なんだかにやにやしちゃったよ、と言ってくれたこともあった。

うまくいかなくなったのは、美帆子の仕事がさらに忙しくなったからでもないし、子どものことを真剣に考えなかったからでもない。すれ違いが多かったからでもない。ならどうして、と美帆子はいつも思う。

番組を任されて少しのち、夫の母親が脳塞栓で倒れ、入院した。父親は、夫が二十歳のときに亡くなっていて、母は千葉に住んでいた。夫も、夫の弟も東京で暮らしているので、彼らは相談した結果、母を新宿の病院に転院させた。意識は戻ったが左半身と言葉に障害が残り、調子を見ながらリハビリをはじめることになっていた。夫と美帆子、弟夫婦で交代で見舞ったが、いちばん時間が自由になるのが美帆子だった。夫はつねにあちこち撮影で飛びまわっていたし、弟は食品加工会社に勤め、弟の妻はアパレル会社に勤めながら二歳の子どもを育てていた。十一時に番組を終える美帆子は、だから新聞や雑誌を持ってよく義母の病院に向かい、食事を手伝ったりトイレにいくのに車椅子を押したりしていた。義母が寝ているときは新聞や雑誌、インターネットをチェックして、翌日にそなえた。

うまく話せないことに義母は苛つくそぶりもみせず、美帆子がいくといつもラジオを聴いていた。美帆子のラジオを聴いてから、ほかの局の番組に合わせているらしいと看護師に聞いた。

美帆子が見舞いにいく時間、義母が聴いていたのは、旅をテーマにした番組だった。コマーシャルが終わると、列車がレールを走る音、発車時のベル、車内のかすかな話し声などを背景に音楽が流れてきて、番組が再開される。旅好きのゲストがきて、今までした旅の話をしたり、おもしろかった紀行文を紹介したりする。世界のキッチンというコーナーがあり、あるときはマレーシア料理を、あるときはイタリア料理を作りながら講師がレシピを説明し、パーソナリティが実際に食べて感想を言う。そんな番組だった。日曜日には弟家族がやってきて病室はにぎやかだった。夫も時間ができれば病院に駆けつけていた。

半年間入院していた義母は、肺炎で亡くなった。リハビリをはじめて一カ月ほどがっていた。

義母は七十歳を過ぎていたし、最初に倒れたときに夫も弟も覚悟を一度決めたからだろう、取り乱すことも泣くこともなく、淡々と葬儀を終えた。

美帆子がラジオのコンセプトを変えたのは、このころだ。新聞をチェックすることもなくなって、夜は飲みに出かけるようになった。そうして、ラジオでは役にたたない話しかしないと決めた。

義母を見たときに気づいたのである。

義母はラジオが好きでラジオを聴いていたのではない、ラジオしか聴けなかったのだ。雑誌をめくる力もなく、テレビを見る元気もなかった。雑誌もテレビも、どちらも見ようと思ったら気力がいるのだと、美帆子はこのときはじめて気づいた。どちらも受動的にかかわるようでいて、その実、能動的にならないとかかわれないのではないか。でもラジオは違う。ラジオは寝ていても目を閉じていても、入ってくる。とことん受け身にしていても、近くにきてくれる。義母は、だからラジオを聴いていたのじゃないか。

義母の聴いていた旅番組を、美帆子は思い出す。世代的に考えて、彼女は海外を自在に旅したりすることなどない人生を送ったろう。もしかして国内だって、家族旅行以外はないのではないか。その義母が、横たわり、いったことのない場所を思い浮かべ、食べたことのないものの味を想像していた。最後の最後にベッドの上で、耳を頼りに自在に旅をした。

ならば私も、と美帆子は思った。いちばん元気がないときでも、気力がないときでも、とことん具合の悪いときでも、どんなに受け身の人にでも、届くことを話そう。大きなことじゃない、いや、向き合うのに体力がいるようなことではない、もっとちいさな、ちいさな、明日には、いや、ラジオを消したら忘れてしまうようなことを話そう。

その話を、夫にしたろうかと美帆子は思う。思い出せない。したかもしれない。もししていたら、夫は私に嫉妬したかもしれない。夫の知らない旅する義母と時間を過ごしたことに。

しなかったかもしれない。もししていなかったら、私が雑誌も新聞もチェックしなくなったのは、自分の代わりに看病にいっていたせいだと、勝手に罪悪感を抱いているかもしれない。

どちらでもないかもしれない。

ともかく、ラジオの内容がどうでもいいような話になった少し後から、美帆子と夫の関係がじょじょにだがうまくいかなくなった。だから美帆子は、よくわからなくなる。義母のことと、自分たちがうまくいかなくなったのは、何か関係があるのだろうか、まったくないのだろうか。義母が倒れなければ、亡くならなければ、自分たちはまだ、たのしく暮らしていたのか。それとも、たのしかったのは自分だけで、そもそも夫はたのしくもなかったのか。

義母が亡くなって一年もたつころには、それぞれの多忙を調整することがなくなった。以前は仕事を入れる際に必ず夫に相談していた美帆子も、相談どころか報告すらしなかった。

そうだ、夫だけが私を避けたのではない、私もまたきっと避けたのだと美帆子が気づくのは夫が出ていってからである。

以前はすりあわせていた休みも、すりあわせなくなり、友だちを招くこともなくなった。夫は美帆子のラジオを聴いたと言わなくなり、美帆子も夫のかかわった番組を録画することもなくなった。

もともと出張は多かったが、それまでなんの出張か前もって言っていた夫も、どこへいくとも言わず帰らない日が多くなった。明かりの消えた家、待つべき人のいない家に帰りたくなくて、美帆子はさらに遅くまで飲むようになった。酔っぱらってだれかと笑っているのはたのしかった。何が原因で自分たちのあいだに溝ができたのか、考えて時間をやり過ごさずにすんだ。

そうして美帆子は、はじめて知った。一時間の仮眠しかしていなくても、はたまた飲み屋で徹夜してそのまま直行しても、ブースに入りマイクの前に座ると、酔いはすっとさめ、気持ちはしゃんとする、ということを。かえってなめらかに話せるほどだった。一睡もしていないことや、ついさっきまで飲んでいたことをリスナーから指摘されたことは一度もない。

タクシーが家の前に着く。電気はもちろん消えている。夫は今、代々木の賃貸マンションで暮らしている。ひとりでなのか、二人でなのか、美帆子は知らない。

二時間は眠れるかなと思いながら、鞄から財布を引っ張り出す。

おはようございます。モーニングサンシャイン、ナビゲーターの竜胆美帆子が十時をお知らせします。

とうとう夏の到来ですねえ。みなさんは暑いのと寒いのとどっちが我慢できますか。寒いなら着ればいいんだから、寒いほうがいい、って人が多いですよね。私は寒いのがだめですね。冬生まれなんですけどね。

学校に通うみなさんはもうじき夏休みですね。みなさんは夏休み、今年はどうなさるんでしょう。今日のテーマは夏の思い出。みなさんの夏の思い出、どんなものでもどしどしお送りください。私はそうですねえ、夏ばてってめったにしないんですが、二十歳くらいだったでしょうか、学生のとき、急に食欲がなくなったことがありました。それがどういうわけだか、冷やしたぬき蕎麦なら食べられたんですね。何も食べないよりは、と毎日毎日冷やしたぬきを食べ続けて、その夏の終わり、入院することになったんですよねえ。診断は栄養失調。おんなじものをずっと食べていてはいけないんだなって思いました。

あ、またしてもなんだかしょぼい思い出を披露してしまいましたね。しょぼくても派手でもかまいません、夏の思い出、どしどしお待ちしています。

それでは曲をかけましょうか。夏到来、ということで――。

その日はせわしなかった。ファクスを送ったりメールの返信をしたり、ノブオに頼まれていた資料を揃えて付箋をつけたり、まだだれもきていない事務所で前の日にやりのこした雑務をこなしながら、仁絵は夏休みかとぼんやり思う。コーヒーはいれたものの、ほとんど口をつけないうちにさめてしまった。

事務所では重ならないよう交代で、日にちを決めて夏休みをとる。土日を入れて四、五日程度だ。去年はどこにいったのだったか。ああ、どこにもいかなかったとすぐに思い出す。自分のマンションで掃除や洗濯をして過ごし、一日、実家に帰ったくらいだ。夏休みをもらったのは九月に入ってからで、実家の盆の行事にもつきあわなかった。今年もおそらく休みをとるのは九月だろう。今年は何をしよう。雄大とどこかにいったりすることになるのか、ならないのか。

やがて香菜がきて寛がきて、十一時を過ぎて昨日は飲み過ぎたと言いながらノブオがあらわれ、いつも通りの一日がはじまる。それぞれの仕事の合間を縫って昼飯を食べに出て、それぞれまかされた仕事に没頭する。

やることはまだまだ山積みなのに、午後二時を過ぎると仁絵はそわそわしはじめる。集中できず、何度も携帯電話にメールがきていないか確認し、きていないとわかるとパソコンのメールもチェックした。午後三時に代理店にお使いに出て五時近くに帰り、帰ってそうそうパソコンのメールの送受信を押すと、二通新着メールがあった。ひとつは仕事関係のメール、ひとつは珠子からだった。

どうだった、連絡あった？　と、短い文面を見て、きっと珠子も今日一日、自分のようにめまぐるしくメールチェックをしていたのだろうと仁絵は思う。

今日の何時かわからないが、バーの店主惣一郎は鹿ノ子の恋人、タッくんを見舞うことになっていた。見舞いがすんだら携帯に連絡すると約束したわけではないのだが、会えば会ったですぐに連絡してくれるだろうと、勝手に仁絵は、たぶん珠子も思っていたのである。

連絡ないけれどどうしようか会いにいこうかとパソコンのメールで珠子とやりとりし、やっぱり連絡を待とうと決めた午後六時過ぎ、仁絵の携帯がメールの着信音を鳴らした。惣一郎からだった。いつでもいいのでバーにきてほしいという内容だった。仁絵はすぐさま珠子に電話をかける。今日は空いているかと訊くと、打ち合わせを兼ねた会食があるが、九時過ぎには終わると言う。じゃ、私、先いってる。仁絵は言って電話を切った。

仕事が一段落ついたのが午後七時過ぎ、まだ仕事をしているノブオと香菜に声をかけ、仁絵はひとり事務所を出た。

帰宅する会社員たちで混んだ電車に揺られ、ひどく空腹であることに気づく。昼を食べ損ねたことを今さらながら思い出す。バーに食べものがあったかどうか記憶になく、何か食べていこうかと思うが、しかしそれより、早く事情を聞きたかった。

駅から記憶の通りの道を、走るように急ぐ。店のドアを開け、適度な冷気のなかに入ってすぐ、思い出したように汗がどっと噴き出した。まだ八時にもなっていないというのに、カウンター席もテーブル席も半分ほど埋まっていた。このあいだ、追いかけてきてくれた女の人の姿はないが、みんな常連客だろう。こんにちはと仁絵に挨拶するのは、きっとこのあいだいた客だ。

どうぞ、と手招きされてカウンター席に座る。ビールを注文し、何か食べられるものはあるかと聞くと、手書きのメニュウを手渡された。ラタトゥイユとソーセージの盛り

合わせを頼み、

「で、どうだったんですか」

ビールを注ぐ惣一郎に仁絵は訊く。

「会えたんです、無事何ごともなく会えたんですけどね」

そこまで言って口を閉ざし、焦らすように厨房に入ったり、ほかの客に酒を運んだりしはじめる。仁絵は薄いビールグラスに口をつける。そうするつもりがないのに、一気に半分ほど飲み干してしまう。

ラタトゥイユとソーセージの皿を出してようやく、惣一郎は仁絵の前に立つ。

「癌、だと思います」

惣一郎は仁絵を見てささやくように言った。

「本人がそう言ったわけではないです、ちょっとやっかいな病気でおそらくなおる見こみはないだろうと言ってました、治療は続けていくので今すぐどうこうということはないが、すっきりなおる、とか、全快する、というようなことはないと。それで、きっと、と思っただけなんです」

「どうして鹿ノ子さんに連絡しないんでしょうね、メールでも電話でもできそうもないくらい、調子悪そうでしたか」仁絵は訊いた。

「たしかに調子は悪そうです。ずいぶん痩せちゃったし。その日は車椅子乗ってました。いつもじゃないんだけどと言ってましたけど。ただあの、やっぱりあなたがたの推測どおり、奥さんが付き添っていて、ほとんど毎日いるそうです」

「奥さんがずっといるから電話できないってことですか」つい、声を荒らげそうになるのをおさえる。知らない人の家庭の事情に腹をたててもしかたがない。

「いや、しにくいというのはあっても、ぜったい無理だということもないでしょう。監視されているわけでもないし。現にぼくらは喫茶室で二人きりで話したし。なぜ連絡しないのかは、なんか訊きづらくてね、よくわからないけれど、でも、鹿ノ子さんがお見舞いにきたがっていることは伝えました」

「で、なんて」

「奥さんはほとんど毎日、大学生のお子さんはアルバイトのない日と週末は病院にきている、って。真田さんの病室は個室で、面会時間外でもいられる許可をもらっていて、泊まることもあるんだと言ってました。だから、そうははっきり言わないけど、約束もなくふらりとこられたらちょっと、みたいなニュアンスはあって」

「じゃあ、くるなと」

「待って、落ち着いて」惣一郎は困ったように笑う。「来週金曜日の午前中、病院内にある理髪店の予約をとってあるそうなんです。理髪店のあと、看護師さんが風呂に入れてくれるとかで、午前中は家族にこなくていいと伝えるから、そのときはどうかって」

仁絵はメモを取り出し日にちと時間を書き入れる。こなくていいと言われた妻が、あやしんで様子をうかがいにくるかもしれない。鉢合わせしてしまうかもしれない。でも、それならそれでいいじゃないか。自分の書いた文字と数字を見下ろして仁絵は考える。会わないより、ずっといい。

　ほかの席から注文が入り、惣一郎はその場を離れる。しばらくして戻ってくると、仁絵があらたに頼んだジンリッキーを作りながら、

「なんか、会わずにいようとしたんじゃないかなと思ったな」ぽつりと言う。

「別れるってことですか」

「いや、うん、わからないけどさ、どの程度悪いのか、ほら、ステージ四とか五とかいうじゃない、どのくらいなのかたぶん本人も詳しくは聞かされていないように思ったんだけど、でも、そういう状態で鹿ノ子さんには会いたくない、もしくは、付きっきりで面倒を看ている奥さんに申し訳ない、うーん、気持ちはわからないけど、何か思うところはあったと思うんだな」

「もしかしてよけいなお世話だったでしょうか」にわかに不安になって仁絵は言う。お節介をやこうと思ったのはたしかだ。本当の本当にただのお節介の可能性もある。夫婦のことはわからないし、恋人たちのことだってわからない。ただ、会うほうがいいと思っただけだ。なんとかして会えるものならば。

「いや、本人はそうやって日時を指定したわけだから、会いたくないわけないと思いますよ。そういうんじゃなくて、連絡しなかったのには何か理由があるはず、ということでも、ま、うまくいくといいんだけどね」

十時近くなって、珠子から連絡があった。遅くなったけれど今から向かうと言う。話はすんだからだいじょうぶ、帰ってすぐメールする。仁絵は言って、電話を切った。

このあいだ見た顔のいくつかがいつのまにか店にいて、仁絵を見ると会釈をした。あの女の人はいなかった。そうして十時半まで飲んで、会計をすませて外に出た。

駅に向かう道すがら、仁絵は待ちきれず珠子に電話をかけた。電話に出た珠子に、今、平気？と訊くと、タクシーで家に向かっているという。仁絵は今惣一郎に聞いたばかりの話を一気に話した。黒く染まった川は、川沿いの街灯の明かりを浮かべるように映している。家に向かうのだろう何人かとすれ違う。仁絵のように携帯電話を耳に当て陽気に話している人もいる。二人組でひそかに話している人もいる。自転車の人も、あきらかに酔っぱらった足取りの人も。みな、街灯の明かりの下でシルエットのようである。

「よかった」

ひととおり仁絵が話し終えると、電話の向こうからちいさく声が聞こえてきた。

「本当によかった」

「うん。よかった」

他人の恋愛なのに。会ったこともない人なのに。どちらかといえば、呆れていた恋愛なのに。でも、よかった。そう思うことが不思議だった。それが鹿ノ子にとっていいことだとか、そうではないかもしれないとか、二人にとってどうだとか、そんなことはとりあえずわきによけて、よかったと思うこともまた、不思議だった。

駅の明かりが見えてくる。自宅のパソコンから鹿ノ子にあててメールを書こうと、電話を切った仁絵は思う。携帯電話を鞄にしまい、早くも文面を考えながら駅の明かりを目指す。そうして向こうから歩いてくるシルエットのひとつに何気なく目を向けて、ちいさく口を開く。

佐藤雅弘。

すれ違いざま、じっと自分を凝視する女に、男はちらりと一瞥をくれた。そのまま通り過ぎる。別人だ、ということがようやくわかる。たしかに似ていた。背丈、太っても痩せてもいない体型、卵形の顔、無造作に手櫛でといたような髪。でも、七年も前の姿そのままでいるはずがない、とようやく気づく。

ひとつ息を吐き、仁絵は青信号の点滅している横断歩道に向けて走り出す。もしほんものの佐藤雅弘だったら私はどうしただろう？　走りながら考える。声をかけただろうか、それとも逃げ出しただろうか。

もし。またひとつの疑問が生まれる。もし雄大が、かつてすごく好きだった女に今再会したら、どうするのだろう。声をかける？　逃げ出す？

そんなことを考える自分にいちいちうんざりしながら、考えずにはいられない。

鹿ノ子のマンションは恵比寿の駅から五、六分のところにあった。飲食店がひしめくエリアを少し奥に進むと、急に静かになる。電飾看板はいきなりなくなって、マンションと住宅が並んでいる。珠子と仁絵は部屋番号を確認しあって、共同玄関のインターホンを押す。

十二階にある部屋は2LDKで、窓から東京タワーが見えた。整然とごたついた部屋だという印象を受ける。雑誌が床に積んであったり段ボール箱がつんであったり、酒瓶がキッチンの床に並んでいたり、散らかっているのに、それぞれ計算されて散らかっているような落ち着きがあった。ヨガに凝ったりパン作りに凝ったりする鹿ノ子らしいと仁絵は思う。

ダイニングテーブルには料理がすでに並んでいる。枝豆、色とりどりのカナッペ、生ハムといちじく。ワインクーラーに氷とともに入ったシャンパンの瓶、長細いグラス。

「さあさあ乾杯しよう」

手を洗って洗面所を出ると、鹿ノ子が仁絵と珠子を席に座らせシャンパンの栓を抜く。ぽん、という盛大な音に歓声が出る。

「乾杯って感じでもないけど」

と言いつつ、テーブルの中央でグラスを静かに重ねる。

いい部屋だとか、眺めがいいとか、家具がすてきとか、仁絵と珠子はそれぞれ思ったことを言い合って、しばしその場はかしましくなる。泣いちゃうかもしれないから外じゃなくてうちでもいい？ と鹿ノ子に言われたことを仁絵は忘れそうになる。

一昨日の金曜日、鹿ノ子はタッくんを見舞いにいったはずだった。今日はその話を聞くために、集まったのである。

けれど鹿ノ子はなかなか本題に入らず、シャンパンをつぎ足し、このあと出る料理について説明し、仁絵と珠子も並んだ料理を食べて、おいしいと言い合う。カナッペと生ハムがなくなるころ、魚料理が出てくる。鯛のアクアパッツァである。白ワインが開き、またテーブルは華やかな声に満ち、一昨日はどうだったのかと仁絵は訊けなくなる。

ようやく鹿ノ子が一昨日のことについて話しはじめたのは、白ワインも空き、赤ワインがそれぞれのグラスに注がれて、ハーブのにおいを漂わせた豚肉料理が登場してのちだった。

「あなたたちのおかげで、会えたわ、タッくんに」

豚肉料理を切り分けながら、鹿ノ子は唐突に言う。それぞれの皿に肉と野菜をとりわけて、鹿ノ子は席に着く。

「理髪店で？」仁絵は訊いた。

「そう」鹿ノ子は笑う。「病院の敷地内にある理髪店で。それから中庭も散歩して、病室もちょっと寄って。二時間とちょっとはいっしょにいられたかな」

「だれにも会いませんでした？」珠子が訊き、

「だいじょうぶだった」鹿ノ子は目を上げずに、でも鼻のあたまにしわを寄せて笑った。

「なんかね、お医者さんに病名を聞いたとき、私にはもう連絡するのはやめようと思ったんだって。どう思われるかわからないけれど、でもやめようって。その理由は自分でもうまく説明できないって言うわけ。かなしませたくないのもあるし、会えなくて気を揉ませるのもいやだ、でも、そのどちらも言葉にすると嘘になるような気がするって。それ、なんだか私はわかるような気がした。なんとなく連絡をしないで、そのまま死んじゃったら死んじゃったで、私がそれを知らないまま、勝手な男め、好きにしろ、なんて思いながら日を過ごしていたらいいなというような気持ちがね。だけど知っちゃった。知ったら知ったで、やっぱり、よかったと思う」

鹿ノ子が黙ると部屋は静まりかえる。冷房も、ついていることを忘れるくらい静かにまわっている。

「病状は」珠子が口を開く。

「胃癌。八月にとりあえず手術をするけれど、病状について詳しいことは奥さんが聞いていて、それは訊いても彼女が言わないらしい。つまり、余命がとか進行具合とか、っていう具体的なことよ。だいじょうぶと言うだけだって。それでも毎日毎日彼女がずっと病院にいるから、なんとなくそういうことなのかなと思う、って」

豚肉はやわらかくて外側がかりかりしていて、塩加減が絶妙でハーブがよくきいていておいしいのに、みな、手を止めて、思い思いの方向を見ている。鹿ノ子は中途半端に料理の残った自分の皿を見つめて話し、珠子は窓の向こうを見て聞き、仁絵は、縁に脂のついたワイングラスを見て聞いていた。

「奥さんはちょっと前まで輸入か何かの仕事をしていて、彼が今回こういうことになって、そんな必要はまったくないのに罪悪感を持っているらしい、っていうのが彼の話なんだけど、ともかく、今まであんまり家のことにも夫の健康にもかまわなかったと思いこんで、それで仕事を急にやめて毎日病院に詰めているんだって。おれだって好き放題してきたんだから、おたがいさまなのに、って彼は言ってたけど」

鹿ノ子はひっそりと笑い、そのまま言葉を切った。また、静まりかえる。

「これから、どうするんですか」仁絵は思い切って声を出した。

「そうね」鹿ノ子はワインボトルを持ち上げ、それぞれのグラスにつぎ足して、自分のグラスの脚を持ってくるくるまわしている。「自然消滅すればよかったんでしょうけど、しなかったわけだしね。そうですか病気ですか、って私もこのままじゃやっぱりいやなわけだし。とりあえず、メールのやりとりくらいはしようってことになって」ワインを一口飲み、「お見舞いにいけそうなときは、教えてもらうことに、とりあえずなった」早口で言う。

「よかった」思わず、といったふうに珠子がつぶやく。

じっとうつむいていた鹿ノ子は顔を上げ、珠子を見て、仁絵を見る。

「あなたたちのおかげ。本当にありがとう。バーのマスターにもちゃんとお礼を言いにいくね」

でも、だけど。何か釈然としない気分を仁絵は抱く。もし連絡がこなくなったら、そのときはそのときってことなの？　そのようにしてしか、タッくんのことを知るすべはないの？　そんな残酷な質問を、もちろん口にはしない。

「会えないまま終わるって覚悟していたより、だんぜん、いいわ。本人から話を聞けて、何がどうなっているのか知ることができて、だんぜん、いいわ」

仁絵の考えを読み、かつ、慰めるかのように鹿ノ子が言う。

みんなで流しに並んで皿を片づけた。仁絵が洗い、珠子が拭き、鹿ノ子がそれをしまう。

「学生のときみたい」珠子が笑う。

「お泊まり会やったよね、よく」

「でもこんないい部屋じゃなかった」

「私なんか風呂なしだった」

「でも、じゃあ大出世じゃないですか」

「だって、何年たってると思ってるのよ」

くすくす笑いが部屋に散らばる。

なんだか不思議だと仁絵は思う。珠子は同級生だが、鹿ノ子はずいぶんと年上で、共通の趣味もない。同級生とはいえ、珠子は今では雲の上の人のように思えることもある。とうに切れていたっておかしくない縁ではある。三人揃っていちばんよく話すのはそれぞれの恋愛話だが、それにしたって、みんながみんな、互いの恋愛をあまりよくは思っていない。やめればいいのにと思ったり、だまされているんじゃないかと言ったりもしてきた。

　けれど今、うまくいきますようにと願っている。鹿ノ子の、見たこともない妻子持ちの相手との恋愛が、うまくいきますようにと、考えたくはないがやってくるかもしれない別れが、平安なものでありますように、鹿ノ子を傷つけませんようにと祈っている。なんなんだろう、こういう関係。

「なんかさあ、うまくいってもいかなくてもつらいことって多いね、恋愛は」

　駅まで歩きながら、珠子が言う。泊まっていけと鹿ノ子はしつこくくり返したけど、明日月曜日だからと固辞してマンションをあとにしたのだった。

「私、もう自分なんかぜんぜんうまくいかなくていいから、鹿ノ子さんが彼氏に会えますようにってこの数日思ってたんだよね」珠子は続けた。

「恋愛運を譲るってことか」

「そうそう。そんなたいした運は持ってないだろうけどさ」

「すごいな。私はそこまで思えなかった」

「だって私のなんか、もううまくいかない可能性のほうが高いからさ、そんならいいよ、ぜんぶ鹿ノ子さんにあげるって」

「じゃ、私もぜんぶあんたにあげる、って言ってみたいなあ」

「言わないくせに」珠子は笑った。

　車道の向こうは急に光があふれている。肌を露出した若い人たちが、群れになっていき交っている。あちこちの店からはみ出す音楽が混じり合って聞こえ、さっきまでの静寂が嘘のように思えた。ここからひどく離れた場所に座っていたように、仁絵には思えた。

「私のなんかちっとも恋愛じゃない」横断歩道が青になるのを待ちながら、怒ったように珠子は言った。「鹿ノ子さんの話を聞いてさっき思った。私のなんて、ぜんっぜん恋愛じゃない」

じゃあ、もうやめようよ、と言いたいのをぐっとこらえて仁絵は言う。

「そんな、何と比べてどうとか、やめようよ。成績じゃないし、体脂肪じゃないし、恋愛なんだから」

やっぱり怒ったみたいな声になる。

「体脂肪って」

珠子がちいさく笑う。

7

八月に入ると、個展の準備で忙しくなった珠子とはめったに会えなくなった。鹿ノ子もノブオの事務所にくることはめったになく、連絡もないので、あれ以来どうなったかも仁絵は知らない。どうなったか自分から訊くのは、なんとなくためらわれた。

　仁絵は二週間に一度は雄大と会い、映画を見たり飲みにいったり、それまでの友だちづきあいとまるで変わらない時間を過ごしていた。相変わらずときめくようなことはなくて、それでもなんとなく、これでいいのかと思うときが増えた。このままいっしょにいるのが雄大というのも、いいのではないかと。

　あの夜以来、キスは二度した。どちらも酔っぱらっているときだ。素面《しらふ》のときには照れてしまってとてもそんな気になれないのは、たぶん雄大もだろうと仁絵は思っている。そうして中学生でもあるまいし、キスの先にはまだいっていない。仁絵はこわかった。雄大がもしたたなかったらと思うと、こわいのだった。だってうんとちいさなときから知っている、馬鹿な姿もみっともない姿も見たことのある女に、果たして欲情するだろうかと考えるとこわくなる。そのことについて雄大がどう考えているのかは、推測できないでいる。

　仁絵が野島恭臣の講演会の案内を見つけたのは、八月の初旬だった。事務所の台所に、無造作にチラシが置いてあった。八月半ばの土曜日に、新刊本発売記念のイベントとして、書店に併設されたホールで行われるという。入場料千円。先着百名。講演会ののちサイン会あり。今まで仁絵は野島恭臣のトークショーにもワークショップにもいったことがない。いつも珠子の話を聞くだけだ。

「これ、香菜ちゃんの？」チラシを手にデスクに戻って訊くと、

「いえ、なんだろ、前からありましたけど」という答えだった。

珠子はものすごくいきたいだろうけれど、忙しすぎて無理だろう。仁絵はチラシに書きこまれているインターネットのサイトを開き、そうして何気なく、申しこむ。予約受け付け終了の文字を確認してから自分のメールをチェックすると、整理券番号と、支払い方法の書かれた自動返信メールがきている。

野島恭臣にたいしてどうしたいとか、どうするつもりだという気持ちはなくて、ただ、見てみたかった。チケットを買ったことは、けれど珠子には内緒にしようと仁絵は思う。怒るか、気分を害するに決まっている。

その講演会に、雄大を誘っていきたいなと仁絵はふと思う。どういう人だと思うか、男の雄大の意見も聞きたかった。もちろんクローバーの定休日は日曜日だから無理だし、それに、また雄大が怒るかもしれない。他人の恋愛に首を突っ込んでいると誤解して。だから、チラシを見つけた約二週間後、講演会の行われる青山のホールに、仁絵はひとりで向かった。

書店は大通りに面して建つ大型書店で、ホールは地下にある。あまりの暑さにぐったりと疲れてたどりつくと、地下に向かうエスカレーターに乗る。

ホールは百五十人くらいが入れるのだろうか、さほど大きなスペースではなく、椅子は三分の一ほどが埋まっている。仁絵はうしろのほうの席に座った。野島恭臣と面識はないが、なんとなく珠子の知り合いだと気づかれそうで前の席には座れない。受付でもらったパンフレットを読むと、発売された本は野島恭臣のブログをもとにしたものらしい。日々買ったものを紹介したり、飲食した店を紹介したりする、いわゆる日記エッセイのような本だ。

開始時間の午後三時を過ぎても講演会ははじまらない。意外なことに三分の一ほど埋まっていた座席は、開始時間になっても半分ほどしか埋まらなかった。ほとんどが女性である。

三時を十分ほど過ぎて、ようやく野島恭臣があらわれる。拍手が起きる。仁絵も拍手をする。野島作品であるキャラクターが描かれたTシャツにジーンズにスニーカー、というラフな格好で、にこやかに挨拶し、中央に置いてある椅子に腰掛けマイクを手に取る。

「こんなに暑い日なのにみんなよくくるよね」笑顔で言うと少し笑いが起きる。「定員埋まったって聞いたけど、席空いてるの、これ、暑いからやーめよって人たちだよ全員。賢明だと思うよ」また数人が笑う。

雑誌や新聞で写真を見たこともあるし、テレビで話す野島恭臣を見たこともある。目の前でライトに照らされているのは、仁絵の記憶にある野島恭臣である。いや、写真で見るより若々しいし、テレビで見たときより親近感を覚える。

でも。仁絵は野島恭臣の隣に空想の珠子を寄り添わせてみる。でも、何か違う。

もちろんそれは、珠子の話を聞かされているが故の多分な思い込みがあると仁絵もわかっている。はっきりいって仁絵は珠子の話から浮かび上がる野島恭臣を好きではない。だからマイナス評価をしてしまうのは致し方ない。でも。

でもやっぱり、何か違う。

たとえば岸井ノブオでもいいし、仕事で会ってきた幾人かのイラストレーターやデザイナーたち、作家やカメラマンでも。

仁絵は、彼らはちょっと不思議なオーラを放っていると勝手に感じている。かっこいいとか悪いとか、そういうものではない。他にかまわないような、他をかまわないような、ときに閉じているように感じられるもので、強く思えるときも弱く思えるときもある。自分で望んで何かを創る人というのは、有名だとか新人だとか、そういうこととまったく関係なく、そういうものを持ってしまうのだろうと仁絵は薄ぼんやりと感じていた。珠子の場合は最初からそうだった。何ものでもないときから、そんなふうだった。

それが野島恭臣にはいっさい感じられないのだった。如才なく話し、その話も彼に興味のない仁絵にすらおもしろく、笑いをとり、話し方によっては自慢たらしく聞こえる過去の仕事ぶりについても、さらりと触れて次の話題に持っていく。

なんかこの人薄っぺらだわ。仁絵は思う。そう思うことで自分は珠子の味方なのだと自覚したいのかもしれないが。

一時間半で講演会は終わり、本を購入すればサインをもらえるという。悪趣味だろうかと思いつつも、間近で彼を見たくて仁絵は本を買う。整理番号の入った紙切れが、本とともに渡される。会場に半分ほどいた聴衆は、半分ほどが本を買い、呼ばれる番号順に並んでいる。十人くらいずつ、野島恭臣に向かって並ぶ女性客の列を仁絵は眺める。魅力的な人なんだろうと思う。サインをもらう女性たちは野島恭臣と言葉を交わして笑っている。博識でやさしくてセンスがいいんだろうなと、買ったばかりの本の、きれいな発色の写真を見て思う。

自分のものが含まれる番号が十単位で呼ばれ、仁絵は立ち上がる。列に並ぶ。順番が近づくとどきどきしてくる。珠子の好きな男。珠子の忘れられない男。

「お名前、入れますか」野島恭臣の前に立つと、机についた彼は本を広げながら笑顔で訊く。

「あ、私の名前はいいです」咄嗟に答えている。

「はーい、わかりました。今日はどうもありがとうね。帰り、気をつけて、まだ暑いから」なめらかに話しながら野島恭臣はなめらかにペンを走らせ、抽象画のようなサインをし、ふと顔を上げ、

「動物何が好き?」と、無防備にも見える笑顔で訊く。

「え?　あっ、キリンかな」

「キリンか、むっずかしいこと言うなあ」

笑いながら野島恭臣はサインの横にキリンの絵を描きこみはじめる。

「私、田河珠子の友だちなんですけど」ほとんど口が勝手にしゃべっているのを、仁絵

は不思議な思いで聞く。野島恭臣はまったく動じず、驚くこともなく、顔を上げることもなく、

「ああ、タマちゃん。元気ー？」屈託なく訊く。

「彼女、十月にオランダで個展が決まったんです」言いながら、なんだか敵討ちのようだと思う。野島恭臣は敵でもなんでもないのに。でも、そのくらいの勇気をふりしぼっている。

「わお、すごいじゃない。知らなかったな、おめでとうって言っておいて」絵を描き終えた野島恭臣は顔を上げ、実際本当にうれしそうな表情で笑い、「今日はどうもありがとう。タマちゃんにもよろしく」本を仁絵に向けて差し出した。

お辞儀をして逃げるように仁絵はその場を去った。

おめでとうって言っていたと、とてもじゃないが珠子に言えない、と地上に向かうエスカレーターに乗って仁絵は考える。なぜか理由はわからない、ぞっとしていた。前方がゆがむほどの熱気のなかを歩きながら、腕にたった鳥肌がおさまらない。なんだろう。野島恭臣は仁絵にとってこわかった。あんな男を好きになったらひとたまりもないと思った。

おはようございます。モーニングサンシャイン、ナビゲーターの竜胆美帆子が十時をお知らせいたします。そろそろ夏も終わりですねえ。って、みんな言いますけど、どう

して八月が終わろうとすると、夏も終わりだと思うんでしょうね？　やっぱり八月三十一日までが夏休みだという強烈な刷り込みのせいでしょうか。それにしてもものすごい共通体験ですよね、この時期、だれも彼も宿題のこと思いだしますもんね。

夏休みの宿題を、はじめのうちに終わらせてしまうか、ぎりぎりに泣きながらやるか、どちらのタイプだったかという質問も、この共通体験があればこそですよね。でもこの質問って、どちらの子どもだったかと尋ねているのではなくて、今、どちらのタイプの大人かと問うているわけですよね。私は夏休みがあった子どものころは、わりとこつこつ毎日やるほうでしたね。絵日記なんか得意でね。でもいつからかなあ、大人になってから、面倒なことはあとまわしにするようになりましたよ。変わるものですよねえ。あの勤勉でまじめな子どもはどこにいっちゃったのかなあと思います。

そんなわけで、今日はあなたはどちらのタイプ？　という質問にしてみますね。何かエピソードを添えて、ファクス、メール、じゃんじゃんください。お待ちしています。今日の一曲目はリクエストにしようかな。浜松の夜のお菓子さんからのリクエストですね、曲は――。


いつも事務所で聴いているラジオを、仁絵はタクシーのなかで聴いている。朝いちばんに印刷所に直行して、パンフレットの色見本を受け取り、あいだに入っている代理店に赴き、クライアントであるサプリメント会社の人たちの意見を、ノブオとともにきくことになっている。

この運転手さんも、午前中はこのラジオを聴いているのだなと、窓の外に流れる町を眺めて仁絵は思う。きっと今ごろ雄大もこの声に耳を傾けながらランチの仕込みをしているだろう。

雄大は宿題をやらない子どもだったと仁絵は思い出す。ぎりぎりまでやらないのではなくて、やらないのだった。おなじクラスになったときは、新学期、雄大が怒られるのをだからかならず見る羽目になった。ユウくんって馬鹿みたい、とちいさい声で言い合う女の子たちもいたが、仁絵はいつもうらやましく思っていた。宿題をやらないことが、ではなくて、怒られるのがわかっていてもやらない、その図太さが。そういうことを言葉にできるようになった中学生のころ、そんなふうに伝えると、いや、忘れるだけなんだと雄大は言っていたが。新学期に怒られるということを忘れてしまうのだ、と。

「この人、乗せたことあるよ」

ずっと黙っていた運転手が、曲が終わって竜胆美帆子がふたたび話しはじめたとき、唐突に言った。

「え、このラジオの人?」

と声をあげてから、そんなに驚くほどのことでもないかと少々恥ずかしくなる。でも、なんだか不思議だった。声しか知らない人が日々ふつうに過ごしていて、このシートに座ったなんて。

「そうそう。この人。リンドウさんとかいったっけ。すごいよ、この番組いつも早い時間からやってるでしょ。それなのにさ、早朝だよ、乗ってきたとき泥酔してるの。最初はもちろんラジオの人だなんてわからなくて、眠っちゃわないようにさ、あれこれ話しかけて、いき先はラジオ局だし、あれ、この人の声なんか知ってるなと思って」

「へえ、朝の何時ごろなんですか」話を合わせるように訊いた。

「それが、六時とかそんな時間よ。もう明るくなっててさ。酔っぱらってるけど陽気でね。あれ、おねえさん、もしかしてラジオやってない？　って言ったら、マーよくわかりましたねえ、なんて言って。声をかえてるから、あんまり気づかれることないんだってけらけら笑って言ってたよ」

「へえ、声をかえてるんですか」

「それでそのままラジオ局ついて、ふらふら歩いてなか入っていくじゃない。八時にさ、ラジオつけてみたの。どうなっちゃうんだろって。そしたらさ、このいつもの声で、おはようございます、今日も暑いですねえなんてしれーっと言ってんの。すごいよね、プロってのは。感心したねあれは」

「へええ、なんかすごい話ですねえ」

　相づちを打ちながら、顔も知らない竜胆美帆子について考える。そういえばずっと前にもこのラジオパーソナリティについて考えたことがあった。運転手さんの話も少しは誇張されているだろうけれど、でも、そんなに酔っぱらっていたなんて知ると、仁絵は少しだけ親近感を覚える。やっちゃった、と思うんだろうな、とか。いくつになっても変わらないと落ち込んだりするんだろうな、とか。

運転手はよほどその話をしたかったのか、それだけ話すとまた黙り込んだ。車は大通りを曲がり、いきなり商店も飲食店もなくなって、印刷所の巨大な敷地を覆う壁沿いを走る。竜胆美帆子は聴取者から送られてきたメールを読み上げて笑っている。

手術の前日にタッくんに会うことができたと鹿ノ子が連絡をしてきたのは昨日だった。昼休みになるのを待っていたのだろう、ちょうど仁絵が近所の店でランチを終えて事務所に向かって歩いているとき、携帯電話が鳴ったのだった。

家のこととか、手術のための用意とか、午前中いっぱい奥さんはこないって連絡をもらって、それで会いにいったの。そうはいっても予定を変えてやってくるかもしれないってびくびくしながらね。だから出かける前にたくさん言い訳作って。惣一郎さんに紹介してもらって事務所の設計をお願いした女性企業家になりすまそうかとか。馬鹿みたい。鹿ノ子はひっそりと笑った。やなことしているわよね。

それでどうだったの。せかすように仁絵は訊いた。

一時間と少しくらいの短い時間だけど、だいじょうぶだった。看護師さんもそのあいだは顔を見せなくて。

ちゃんといろいろ話せたかと、これも仁絵のほうから尋ねた。手術のあとのこと、もし何かあった場合のこと。何をどのようにか想像もつかないが、でも、会えるときに決めておかなければならないことはたくさんあるのだろうと仁絵は思っていた。

それがね、話すことなんにも思いつかなくて。鹿ノ子はまた笑った。今度の笑いはさっきとちがって、ほんの少ししたのしそうだった。

じゃ、何してたの。一時間も。

少し黙ったあとで、鹿ノ子は言った。

ラジオ、聴いてたの。

ラジオ？

そう。話すことなくて、でも黙っているのもあれだし、ラジオがあったから、それつけて、二人で聴いて、笑ったり、顔を見合わせたりして。あんまり夢中で聴いてたら、だれかノックしても気づかないかもしれないでしょ、だから音量を絞って。二人で顔を近づけて。

そうだったの、と仁絵は言った。何を言えばいいのかわからなかった。もっと話して決めておくことがあるのではないかなどとは、自分が言うべきではないのだし。

もしまた会えることになったら連絡するね。とりあえず手術のことは、体調が戻り次第メールもらうことになったから。タマちゃん忙しそうだから連絡しないけど、もしメールすることあったら伝えておいて。感謝してるって。

電話を切ろうとすると、ねえ、と鹿ノ子がためらうような声を出した。なあに、と訊くと、私のしていることは最低かな、と、これもまた、ためらいがちに鹿ノ子は言った。

仁絵は考えた。数秒で答えが出た。だからそれを伝えた。

最低だったとしても私は鹿ノ子さんを応援する、と。

だってそのようにしかけたのは自分なのだ。もし自分の友だちが鹿ノ子ではなくてタックんの妻だったならば、私は鹿ノ子と、鹿ノ子の見舞い作戦を画策した友だちを憎んだだろうと仁絵は思う。もちろんタックんのことも。妻と子に隠れてこそこそと愛人が見舞いにきている。言葉にすれば鹿ノ子がやっているのはそういうことだし、ただしいことかただしくないことかと問えば、おそらく百人中全員がただしくないと断じるだろう。そのような恋愛をしたことのある人でも、きっと。

でも、でもやっぱり、私は鹿ノ子さんを応援する。仁絵は鹿ノ子本人に言った言葉を今一度胸の内で言う。

8

「はい、つきましたよ、車寄せまでいく？」運転手がきき、

「そうですね、お願いします」

財布を鞄から取り出しながら、仁絵は言う。

雄大から電話があったのはその日の夜だった。午後九時半、まだクローバーは閉店していないはずだから、手が空いたのだろうと思いながら、

「何？」仁絵は訊く。あまりに忙しい一日で食事を作る気力がなく、マンション近くの居酒屋で、ひとり晩酌をし、そろそろ帰ろうかと思っていたところだった。

「すごく悪いんだけど、話したいことがあって」電話から聞こえてくる声は何やらかたい。

「え、何」

「これから会えないかな」

「どこで？　そっちで？」

「いや、そっちにいくよ。十時半くらいになるけど、いい？」

あと一時間後か。それから飲みはじめれば帰りは十二時過ぎになる。雄大の「話」にもよるが。

「いいよ。それならうちくる？」言ってから、雄大を招くのははじめてだと気づく。一時間あればかんたんに掃除もできる。それに、べつに何もないだろう。容子だろうか、うしろから声が聞こえる。

「そんなやつの話聞くことないよ！」と言っているように聞こえたが、だれに向かって言っているのかわからない。

「容子おばさん、なんか言ってる？」訊いたが、

「いやいやいやいや。それはありがたいけど、それでもいいの」雄大は詳しくは説明せず、仁絵はかんたんに場所を説明して電話を切り、コップに残っていた焼酎を飲み干して立ち上がる。ありがとうございますっ、と威勢のいい店員の声がかかる。

雄大がやってきたのは十時四十分だった。ダイニングと兼用になっているリビングに通すと、部屋を見まわすこともせず、仁絵が勧めるままソファに座る。何か飲むかと訊くとなんでもいいと答えるので、とりあえずビールとグラスを雄大の前に置き、小皿にポテトチップスを入れて出す。

男が入るとさすがに部屋は狭く感じるな、とものすごい発見のように感じながら、仁絵は一人がけのソファに座る。そうかこの部屋に引っ越してから男が訪ねてきたことはないのか、と、これもまたものすごい発見のように思う。

「それよりどうしたよ」

ソファに座ったまま雄大が動かないので訊いた。

「最低と思われるかもしれないしこんなやつはもういやだと思うかもしれないし、思われても仕方ないと思うけど」

雄大が空のグラスを見つめたまま一気に言い、あ、浮気だと反射的に思う。浮気したか。許すか許さないか。いや、もしかして本気か。

「金を貸したんだ」

金。

「だれに」訊きながら、浮気ではないのかとまだ疑う。

「それが、あの」雄大は身動きせずに言い、しばらく黙り、そうして早口で言った。

「ノリコさん」

ノリコ、と聞いてもそれがだれだかすぐには思い出せなかった。え、だれそれ、と再度訊こうとして、仁絵のなかでその名と面影がぱっと結びつき、

「うえっ？」思わず奇妙な声になった。

「そう、その、ウエッ、の」言葉にならない声の意味を取り違えて雄大が言う。

ノリコさん、は高校生の雄大がめろめろになった六歳年上のダンサーだか女優だか、だ。

どちらも黙る。すーとエアコンから冷気が出る音が響く。道路を挟んだ隣のビルと電線と、その向こうに夜空の見える窓に、薄く映る自分たちの姿を仁絵は眺める。

「連絡、きたの」窓ガラスに映る薄っぺらい雄大におそるおそる訊く。

「うん、店に。電話変わってないしな」

そうか、あのころは携帯電話もなかったのだ。

「それで、なんて」

訊きたいのかわからないまま訊いた。雄大が手をつけない缶ビールを、気がつけば仁絵は開けて、グラスにも注がずそのまま飲んでいる。

たまたま前を通りかかったら、ガラス窓から働く雄大が見えて、なつかしくなった、

と電話をかけてきたノリコさんは言ったらしい。でも二十年近く会っていないし、レストランに入っていくには勇気がいって、そのときはそのまま通り過ぎてしまった。けれどもどんどんなつかしくなって、ちょっとだけ話したいと思った。会わないか、とノリコさんのほうから言った。

「会いたいとかそういうのはなかったんだけれど、会いたくないですと答えて電話を切るのもへんかなと思って」ぼそぼそと雄大は言う。あいかわらず空のグラスを見つめたまま、身動きせずソファに座っている。

明日はどうかとノリコが言い、次の日、ランチと夜スタートのあいだに喫茶店で会った。三十分くらいたったところで、ノリコがいきなり身の上話をはじめた。結婚したんだけれど夫が暴力をふるうので別れたのが二年前、この二年、ずっと彼には居場所を知られないように都内を転々としていて、でも二週間前に見つかってしまった、今すぐ東京を離れたい。今も待ち伏せされているのではないかとこわくて帰れず、友だちの家に居候しているが、この友だちも子どもがまだちいさくて、そんなに長居はできない、とにかく元夫の目を盗んで一刻も早く遠いところにいきたい。切々と訴えてくる。

「つまり、お金をいくらかでも貸してほしいって」

「で、貸したんだ」

本当に訊きたいのはそんなことではないと仁絵には自覚はあった。ノリコは変わっていたか。ノリコにあって気持ちは揺れ動いたか。高校生のころを思い出したか。なぜあんなにのめりこんだかわかったか。のめりこむのも不思議はなかったよなと思ったか。のめりこんだおれはどうかしていたとわかったか。

「その話嘘かもしれないと思った。いや、嘘じゃないかなと思った。でも、二十年前の知り合いのところにくるなんて、何かよほど切羽詰まっているんだろうとは、思った。だから返ってこなくてもいいやと思った」

文章を読み上げるように雄大は言う。

「いくら？」と、下品な質問に聞こえないよう仁絵はそっと言う。

「二十万円」

二人は黙る。そして仁絵は自分のことを苦々しく思い出す。そんな安いスーツじゃなくて、ちゃんとしたデザインのを買いなよ、せっかく格好いいんだから。

そのときの自分とは、もちろんまったく違う気持ちで雄大はお金を用意したのだろうとは思う。思うが、なんだか馬鹿みたいな気分になってくる。私たち、馬鹿みたいなんじゃないか。成長しなさ過ぎないか。

お金は、喫茶店を出て銀行でおろしてそのまま渡した、と雄大は言った。ノリコさんはレシートの裏に借用書を書き、礼を言って去っていった。

また雄大は黙り、エアコンが響く。仁絵は立ち上がり、冷蔵庫から新しいビールを二本取り出してソファテーブルに置いた。雄大は一本をつかむとプルトップを開け、ほとんど一気飲みした。

「それで終わり？」

ふー、と息を吐く雄大に訊く。

「いや、電話がよくかかってくるようになった」

缶を潰し、潰した缶を今度は見つめて雄大は話す。その言葉に仁絵はぞっとする。

この人との結婚話、今ならまだ引き返せる、と思う。そもそもまだつきあっていない、友だちと変わりない。やめようと雄大が言えばやめられる。あるいは自分からやめようと言えば。そうしたら雄大はまた彼女にのめりこみ、生気をなくし、やる気をなくし、おおらかさやまっすぐさや、地に足の着いた夢をなくしていくんだろうか。その「ぞっとする」感覚を、つい最近味わったばかりだと仁絵は思い出し、あ、と声を上げそうになる。野島恭臣。サインをもらったときの怖気《おじけ》とそれはよく似ていた。かかわってはいけない人が発している信号を、キャッチしてしまったような感覚だ。

「それでもしかして、再燃？」わざとからかうように言った。そうするのにずいぶんと労力が要ったことに、言ってから驚く。

「いや違う、違うんだ、そういうの、いっさいない。なんか、こわくなったんだ、おれ、そうして電話ですら相手しているのがこわくなって、向こうは会おうとかはもう言わないし、お金もそれ以上貸してとかはなかったんだけど」

「またくり返しそうでこわくなったの？」

「そんなの、ないよ。そういうんじゃなくて、なんかわかったって言うか、こういうタイプの人が世のなかにはいるってことがわかったんだ。それでさ、そういう人ってなんかときどき、ものすごい吸引力を持っているんじゃないかと思って」

もしかして吸引された？　と、またしても茶化す労力を用いようとして、仁絵は黙る。ふいにわかったのだ、雄大の言わんとしていることが。自分が今、ひどく頓珍漢な邪推をしていることが。

雄大はたぶんノリコさんに再会して、たしかにわかったのだと思う。十代の自分が、彼女の何に惹かれたのか。今再会して、そのころのことを思い出したとか、また好きになってしまったとか、そういうことではない、彼女のような人が持つ不可思議な「吸引力」とやらに、気づいたのだろう。

「わかる」

仁絵はつぶやいた。わかる。そういうことってたしかにある。野島恭臣と短く言葉を交わしたとき、仁絵はぞっとしたけれど、あの感じにきゅうっと引きこまれていくようなときは、たしかにある。あの男だってそうだったのではないか。佐藤雅弘というありふれた名前の男だって、そういう吸引力を持っていた。

ふつうに暮らしていて、おいしいものが好きで、友だちと笑っていて、あるときふっと、吸いこまれてしまう。それまで見たこともないような落とし穴に。自分の知らないタイプの恋に。

「なんかわかる。ブラックホールみたいな感じっていうか」

「そうなんだよ、それがこわくなったんだよ。それでもう電話しないでほしいって言ったんだ」

「言ったんだ、それだってこわいじゃん」

「向こうはそういうこと言われるのは心外だったんだろうね、こっちだって引っ越したらそう連絡はできないよって怒ったように言われて」

「もうかかってこなくなった？」

「とりあえず」

ああ、この感じ。仁絵は笑いたいような、頭を抱えたいような気分になる。ずっとこうだった。小学生のときから、ずっと。結婚しようと言う男から、昔の彼女に金を貸したと聞いて、「わかる」などと言っている場合ではないじゃないか。なんでそもそも会ったのかとなじるべきじゃないか。だけれど、そういう電話がかかってきて、会わないという選択肢を雄大は持っていないということも、わかってしまうのだった。

「あのさ、なんか、今の話聞いて気分害した？」

いつものように話ができたことで安心したのだろう、かたまるように身動きしなかった雄大は、ようやく仁絵を見て訊いた。

「そりゃあおもしろい話ではないよ。だってあんたは私に結婚しようって言っているんだよ？　その相手に、昔の恋人に会ったなんてしゃあしゃあと話すか」

「悪い。ただあの、金を貸したことがおふくろにばれて、あの人ものすごい怒って」

あ、と思う。さっきの電話の背景の声。そうか、あれは私に向かって言っていたのか。

「もしかして仁絵に言いつけるような勢いだったから、そんなことになったらどう伝わるかわからないし、それより先にちゃんと自分で話したかった」

「じゃあさ、もし、容子さんにばれなかったら、黙ってた？」仁絵は訊き、

「……いや、やっぱり話してたな」

その答えが自分の想像通りなので、ちいさく笑う。

「て、いうかさ、どうして容子さん、『私に言いつける』なの？」

雄大は仁絵から目を逸らし、仁絵が開けずにいた水滴まみれの缶を手にとってプルタブを開け、

「話したから。結婚したいと思っているって」聞き取れないくらいの早口で言って、缶に口をつけごくごくと飲んでいる。

「するってまだ決めてないじゃん、今の話でいやだって言うかもしれないじゃん」仁絵は拳で雄大の腕を小突いた。

「だから、する、じゃなくて、したい、って言ったんだよ」雄大は言い、残りのビールを一気に飲み干し、ペコンとまた缶を潰し、「帰る」と立ち上がった。

帰るのか。そりゃそうだよな。明日もあるし。

「電車あるかな」

玄関に向かう雄大のあとを歩きながら仁絵はつぶやく。ソファから立つとき見た時計

は十二時を過ぎていた。

「なかったら戻ってくるから泊めてくれる？」雄大が振り向かずに冗談めかした口調で訊き、

「タクシー乗りなよ、大人なんだから」仁絵は言った。

玄関の戸を挟んで手を振り合い、ドアを閉める。しんとする。リビングに戻ると一気に部屋が広くなったように感じられる。終電何時だったかなと、携帯電話を開いてチェックする。下り電車の最終は十二時五十二分とわかる。なーんだ、余裕で帰れるじゃん。思わずつぶやき、仁絵は自分のそのつぶやきに失望が含まれていることに気づき、驚く。

9

鹿ノ子の家で食事をして以来、見舞い大作戦の三人が揃うのは九月も半ばを過ぎてからだった。珠子は個展の準備のために、週明けにはもうオランダに向けて発つことになっている。個展最終日ののちも片づけや挨拶などで数日滞在するといっていたから、一カ月以上帰ってこないことになる。

準備に向けて多忙を極めた珠子とも、仁絵はなかなか会えなかったのだが、九月のあたまに少しは落ち着いたと連絡があり、ともに食事をした。おたがいに自身の恋愛の話はせず、また尋ねることもせず、ひたすら近況と仕事の話、映画や小説の話をし、そうして帰り際、いちばん気になっていることを言い合った。

鹿ノ子さんどうしているだろうね。タッくんに会えているかな。

その鹿ノ子から連絡があったのは、一昨日の木曜日である。どうなった？　と仁絵が訊くと、ごはん食べようよ、久しぶりにさ、と言う。携帯電話から聞こえる鹿ノ子の声はまったく暗くなくて、いつもどおりの陽気さ加減だったけれど、あ、と思った。あ、何かあった、と。「何か」が何であるかは言葉にはしなかった。

こないだは鹿ノ子さんちだったし、タマちゃんは出発前で忙しいだろうから、私んちにします？　今度は。思わずそう言ったのは、だからだ。外食をするような気分ではないかもしれず、でも、前のように人を招いて豚肉を仕込んだりサラダを冷やしたりする気力も、今の鹿ノ子にはないのではないかと咄嗟に思ったから。場所を説明し、じゃ土曜日にと言い合って電話を切り、どうか自分の思い過ごしでありますようにと仁絵は祈るように思った。

珠子に連絡をすると、珠子のところにはすでに鹿ノ子から連絡がいっていた。何かあったよね、と言いたいのをこらえて土曜日の確認をして電話を切った。

そうして今日。

鹿ノ子の料理の上手さに驚いた仁絵はとても自作料理を披露する気になれず、午後早い時間にデパートに赴いて、ピンチョスのセットや色合いのきれいなサラダ、白身魚のパイ包みといった見栄えのいい総菜を買った。

六時過ぎ、鹿ノ子より先にワインを手土産に珠子がきて、テーブルを調えるのを手伝ってくれた。

「旅行の準備できた？」仁絵が訊くと、

「長期滞在のほうが支度は楽だね、向こうで買えばいいって思えて。それより、よかったよ、出発前に鹿ノ子さんに会えて」

なんにもないといいけどとまた言いそうになり、仁絵は言葉をのみこむ。そんなことを言ってしまったら、なんにもないことの正反対のことが起きてしまいそうな気がした。

鹿ノ子が到着したのは七時十分前で、ダイニングテーブルには料理が並び、メインの牛のワイン煮はオーブンレンジのなかで加熱されるのを待機し、仁絵と珠子はすでにシャンパンを二杯ずつ飲んでいた。素面で鹿ノ子を待つことができなかったのである。

鹿ノ子はタッパーウェアに入った手作りの料理をテーブルに並べ、

「仁絵ちゃんなんてちっとも料理できないと思ってあれこれ持ってきたのよ、でも用意してくれてたのね、わあ、これおいしそう」とにぎやかに話し、料理を並べ終えシャンパンのグラスを片手に部屋をぐるりと歩きまわって「いいお部屋じゃない、やっぱりデザインやる人ってセンスいいよね」と声のトーンを高くして言い、そのテンションの高さにますます不安を覚えてそっと珠子を盗み見る。珠子も困ったような顔で仁絵を見ていた。

そうして席に着くやいなや、

「十日前に彼、旅立ったんだよね」

いきなり鹿ノ子は言った。

「いろいろありがとう。それから今日こうして会ってくれてありがとう。感謝を込めて乾杯」

鹿ノ子はシャンパングラスを高く掲げる。

「献杯じゃなくていいの」

うろたえているはずの珠子がやけに冷静なことを言う。

「いいのいいの、未練なんか持たないようににぎやかにいかせてあげようじゃないの」

仁絵は何を言っていいのかわからないまま、グラスを鹿ノ子のそれに合わせ、珠子も倣う。

さまざまな思いが仁絵の内を巡る。予感が本当になってしまった。「何か」はやっぱりそういうことだった。鹿ノ子が理髪店で落ち合ったのは、本当に彼のいのちの最後のほうだったのだ。手術の前日に会ったと聞いたが、果たしてもう一度会うことはできたのか。

仁絵の気持ちを読んだように、

「手術のあと、もう一度だけ、会えたんだ」鹿ノ子は言い、皿に料理をとりわけ、仁絵と珠子の前に置く。シャンパンをつぎ足してまわり、続ける。「メールがきて。『明日午前十時』ってだけの、短いメール。次の日駆けつけたら、病室にだれもいなかった。彼はほとんど寝てて、起きて私を見てびっくりして、『ああ、ありがとう』って。『プリン食べたいな』って言うから、じゃ今買ってくるって言って、でも、売店にいく時間がもったいなくて、今度でもいいかって訊いたら、そうだな、今はいっしょにいようって言われて」鹿ノ子は練習したかのようによどみなく話し、仁絵と珠子を交互に見て、「それから連絡なくなって、惣一郎さんから連絡がきたのがその二日後。私が訪ねた翌日に息を引き取ったって」さばさばした口調で言う。そのさばさばした感じが、無理をしているふうでもなさそうなことに仁絵はかすかに安堵する。心の準備をしていたせいかもしれないし、前日に会えたからかもしれない。鹿ノ子は繕っているのではなくて、すがすがしい表情をしている。

そうして鹿ノ子は、野球の試合運びを説明するように淡々と話した。

惣一郎さんから聞いたところによると、検査の結果、除去できるかどうかが非常に微妙で、手術をしないという選択もできたらしい。手術で体は確実に消耗する。けれど除去の可能性も捨てきれない。そう選択を迫られて、家族は相談の結果手術を選んだのだという。けれどいざ開けてみたら、検査ではわからなかったが、腸の一部と複雑に癒着していて癌を切り取ることが不可能で、そのまま縫い合わせて手術は終わった。それでも思いの外術後の回復は順調だったのだが、九月に入って急激に悪化した。原因はわからない。その原因を知りたいので解剖したいと、死後、医師側から相談があったそうだが家族は断ったらしい。

「どっちを選んでも激しく後悔するよね。手術をすることもしないことも。きっとすごくつらいと思うよ。私なんかよりずっと」

あえて用いない主語は、タッくんの奥さんだろうと思いながら仁絵はうなずく。生き残った人が後悔しない死なんてあるのだろうかと思う。

「プリン買いにいかなくてよかったですね」ふと、珠子が言う。

「よかったかな、なんか買いにいけばよかったのかなと思ってたんだけど。食べものの恨みはおそろしいって言うじゃない」鹿ノ子は真顔で言う。

「でも五分でもいっしょにいる時間が長かったほうが、きっといい」そう言う仁絵をじっと見て、

「そうだね」とうなずく。「いっしょにいたって話すこともなくて、話す気力もきっとあんまりなくて、ただラジオ聴いてただけなんだけどね」

「ああ、ラジオ」仁絵はうなずく。このあいだの話を思い出したのだ。二回目にお見舞いにいったときも、二人でラジオを聴いていたと。それにしてもタッくんはよほどラジオが好きだったのか。それとも黙っているのも気まずくて鹿ノ子がつけたりしたのだろうか。どちらにしても、仁絵はその光景を見たように思い浮かべることができた。ベッドの柵にくくりつけられている、古いタイプの小型ラジオ。パイプ椅子に腰掛けてそれに耳をすます鹿ノ子と、ベッドに横たわる会ったことのないタッくん。耳をすましなが

ら、じっと相手を見つめている若くない二人。個室に広がるおさえた音量の笑い声と、音楽と、絶え間なくだれかが話す声。白いシーツにラジオが落とす淡い影すら、思い浮かべることができる。

「なんかね、キャスターっていうの、DJっていうの？　その人はすごくどうでもいいようなことをえんえんとしゃべっているわけ。ずっと秋刀魚が高くて、このあいだようやく一尾二百円台で売っていたから今年はじめて買って食べたとか、秋刀魚ののど元に三角のかたちの内臓の一部があって、子どものころ、それは子どもは食べてはいけないって聞かされていたけど嘘だったとか、ずーっと話してて、それでね、子どものころに大人にだまされていたことは何か、って聴いている人みんなに訊くわけよ。そうしたら返事がいろいろきてさ、それもまた本気でどうでもいいような答えばっかり。チョコレートを食べ過ぎると白目がチョコレート色になるから食べてはいけない、とかさ。トイレいきたいのをあんまり我慢していると、口から出てくる、とかさ」鹿ノ子は言って、思い出したのか、ちいさく笑う。

「ねえ、それって竜胆美帆子のモーニングサンシャインじゃない？」仁絵は思わず口を挟んだ。秋刀魚の内臓の話は聞いた覚えがあったし、どうでもいいことばかり話しているラジオといって真っ先に思い浮かぶのは、その番組だ。

「え、それ番組名？　わからないけど。たまたまつけた局を聴いていただけだから」鹿ノ子は言い、また思い出し笑いをする。

「ずっと前にさ、タッくんとドライブしてたときはそんなふうによくラジオを聴いていたんだよね。そんな話聴いちゃうとさ、いっしょになって、なんかだまされたりとかした？　っておたがいの子どものころのこと話したりしたなあって。喧嘩したときもあった。はっきり覚えてないんだけど、たしかラジオで人生相談みたいなのをやっていたのよね、ちょっとおちゃらけたようなやつ。それで、ラジオの人のふざけたような回答を聞いて、これはないってどっちかが怒って、いやこういうことだからこそ笑い飛ばすべきなんだって、そんなことで大喧嘩になって、一言も口きかずに軽井沢から帰ってきたなとか」

仁絵は雄大と気まずく帰ったあのドライブデートを思い出す。そうだ、あの喧嘩のきっかけは鹿ノ子だった。鹿ノ子と、まさに竜胆美帆子のラジオだ。

「その、ラジオから流れるいろんな人たちのどうでもいいような、電波使って話すなよそんなことっていうようなことがさ、急にまぶしいように思えたんだよね。みんな大人にだまされた記憶とか持っててさ、なんだ嘘だったんだ！　とか思う瞬間があってさ。なんていうか、そういうどうでもいいようなことで人生成り立っているよなっていうか。いや、そういうことがあるから人生っておもしろいんだよなっていうか」鹿ノ子は言いながら、うまく伝えられずもどかしく思うかのように、テーブルを指でこつこつと叩き、

「私たち、夫婦じゃなかったし、世間的にヨシとされる関係では決してなくて、しかもそんなにきれいな思い出もすごいできごともなくて、ちいさなことで喧嘩したり笑った

りしてきて、でもね、そのラジオを聴いていたら、ここにまだ、タッくんをいさせてあげたいなあと思ったの。煩雑で馬鹿馬鹿しくて、面倒なこともいっぱいあって、たのしいと思って笑い転げても次の日にはトラブルに見舞われて、そういうたいしたこともない場所に、たいしたことないのにきらきらまぶしいところに、タッくんをまだいさせてあげたいって」

鹿ノ子は言葉を切り、何かを思い出すように宙を見つめる。

気まずくなって別れたあのドライブの日も、いつか手放したくない記憶のひとつとして、きらきらと光を放つのだろうか。

仁絵は思い浮かべる。

鹿ノ子とその恋人がラジオに耳をすませていたとき、きっと自分は事務所でコーヒーを飲みながら聴いていただろう。そして雄大は厨房で仕込みをしながら聴いていただろう。ある人はタクシーの運転をしながら、ある人はそのタクシーに揺られながら、ある人は工場で単調な作業をしながら、ある人は泣き止まない子どもをあやしながら、聴いていただろう。そんなふうにして、知っているだれかとも知らないだれかとも、時間を共有していることにあらためて気づく。

そうして仁絵は思う。このことを、いつか、声だけしか知らないこの人に、どうでもいいことをしゃべり、どうでもいい私たちの思い出や声や記憶を拾い上げ、それらを毎日毎日届けてくれるこの人に、伝えることができたらいい。みんなそれぞれ、それぞれのささやかな場所で、あなたの声を聴いていたと。

「ちょっと、とうにシャンパン空いてるんだけど。ワイン開けようよ、あるんでしょぅワイン」

今まで話していたことなど忘れたかのように鹿ノ子が言い、

「あ、私買ってきたよ、でも白を先に飲む？　白はある？」

珠子もせかし、仁絵はあわてて台所にいく。冷蔵庫で冷やしておいたワインを取り出し、コルクを抜く。珠子が台所に入ってきて、出し忘れていた料理を持っていき、肉を入れておいたオーブンレンジのスイッチを入れている。白ワインがグラスに注がれると、これおいしい、デパ地下だもの、鹿ノ子さんのこれもおいしい、どうやって作るの、これどこのワイン？　声が飛び交い部屋は一気ににぎやかになる。これがつまり、鹿ノ子がタッくんをまだいさせてあげたかった場所だろうと仁絵はなんとなく思う。

「そういえば、鹿ノ子さんの人生ブーム、まだ終わっていなかったんですね」思い出して仁絵は言った。

「え、どうして」

「だってついさっきも言ってたでしょ。そういうことがあるから人生はおもしろいとか」

「言ってた、言ってた」珠子が同意する。

「でもきっとこれで終わりね。私がこのごろずっとうだうだ考えていたこと、人生に意味はあるのかとか、こんな人生でよかったのかとか、あのときどうでもよくなったんだもの。いいも悪いもないし、正解も間違いもないって思ったのよね。だからもう人生とはなんぞや、なんて言わないわきっと」鹿ノ子は言って、グラスの白ワインを飲み干し、自分でつぎ足している。

「惣一郎さんはご葬儀にいったのかな」珠子がぽつりと言う。本当は、鹿ノ子は葬儀にいったのかと訊きたいのだろうと仁絵はこっそり思う。きっと多いのだろう弔問客にまじって焼香をしたのか、それとも遠目に眺めたのか。

「いったって。さっきの話はそのときにご家族のかたから聞いたんだって」

「じゃ、鹿ノ子さんは」思い切って訊いた。

「もちろんいかないよ、会えただけだって感謝してる。それに私ね、ちょっと思ったんだけど」

鹿ノ子はそこまで言って言葉を切り、自分の持ってきた料理をぱくりと口に入れる。何か考えるように斜め上を見据えて、咀嚼《そしゃく》している。

「え、なんですか」珠子が先をせかす。

「午前十時、ってあの短いメールをくれたの、もしかして、奥さんじゃないかなって」

「えっ」仁絵と珠子の声がぴったりと合う。

「いや、まさかとは思うけどさ。でも最後に会ったときタッくん意思疎通はできたけど朦朧としていてさ、メールなんか、あれほどの短文だとしても、打てたかなって思うんだよね。それでもしかして奥さんが教えてくれたんじゃないか、なんて考えたりして」

「そんなこと」あるのかな、と言うつもりで仁絵は口を開いたが、

「あるはずないかな、やっぱり」鹿ノ子はつぶやく。

「でも、わからない、最後まで何が本当かはわからない」珠子が真剣な面持ちで言い、

「うん、わからない」鹿ノ子もつぶやく。「でも、そうだったらすごい人だよね」

そんなこともあるのかもしれないと仁絵は思う。いや、そんなこともあってほしいと思っているのかもしれない。

「話していたらおなか空いた、ねえ、本腰入れて食べようよ」

「あっ、ヒトちゃん、さっきブザー鳴ってたよ、牛肉もうあたたまってるよ」

「そうだった、そうだった」席を立ち、オーブンレンジから牛肉を取り出し、珠子に赤ワインを開けるように頼む。ハーブとワインと肉汁の豊潤なにおいが立ち上がり、仁絵は急に空腹を覚える。

10

ようやく一歩進むことができた、と竜胆美帆子は思う。デスクに置いた封筒には、自分のぶんは書き終えた離婚届が入っている。

それぞれの多忙を調節せず暮らすようになって六、七カ月が過ぎたとき、美帆子の夫はウィークリーマンションに移った。この先一、二カ月、ほとんど会社に泊まりこみのような激務になるから、風呂と仮眠場所だけ会社の近くに確保したいんだと夫は言った。

本当に仕事なの？ と訊けば、展開は違ったかもしれない。ねえ、話し合わない？ と言えば、やっぱり違っただろう。けれど美帆子は、そこでも逃げた。そう。仕事ならしかたないわよね。そう言って。逃げているつもりは、もちろんそのときはなかった。ただ理解のある妻でいたかったのだ。

二カ月たっても夫は帰ってこなかった。しかしながら、そうして物理的に離れたことで、二人の関係は以前よりもうまくいった。毎日のようにメール交換をし、自分のかかわっている仕事の話をしたり、相手の健康状態を気遣ったりした。夫は地方に出張にいけば、土産を買って宅配便で送りもした。日曜日に待ち合わせて昼食を食べたこともあった。

だから、ウィークリーマンションでなくマンションを借りたいと夫が言い出したとき、美帆子は反対しなかった。そのほうがきっとうまくいくのだろうし、またいつか、そんなに遠くない未来、またいっしょに暮らせばいい。きっと夫もそう思って決意したのだろうと推測した。二年前のことだ。

それからも二人の関係は良好だと美帆子は思っていた。代々木に夫が借りたマンションを訪ねなかったのは、彼に遠慮してのことだった。夫がときどき荷物を取りに帰ってきたとき留守だったのは、わざとではなくて、明日そちらにいくという連絡がなかったせいだ。メールのやりとりはしていたし、ときどきは電話で話しもした、何カ月かに一度は、昼食をともにしたり、飲みにいったりもした。

そうして日がたつと、しかし美帆子は気づかざるを得なかった。いっしょに暮らしていない自分たちの話題が、どんどんなくなっていくことに。

メールは自分の仕事の報告と、体調のこと、あとは天気やニュースなどの感想ばかりになった。電話は用件だけになった。会うと昔話か、今は会うことのないかつての友人たちの話か、そればかりになった。

仕事仲間と飲むほうが、学生時代からずっと親しい友人たちと会うほうが、友だちの紹介で会う初対面のだれかのほうが、夫と会っているよりたのしくてもりあがった。夫もきっとそうなはずである。今を共有していないと、今を話題にできないことに夫も気づいているはずだった。

それなのに離婚という言葉が双方から出なかったのは、まだ未来に希望を持っていたからか、相手への愛情があったからか。もしかして単に、ほかにいっしょにいたいと思う人があらわれなかったから、それだけの理由なのかもしれない。半年前にようやく別れないかと言い出した夫は、いっしょに暮らしたい人ができたと言った。

私たち、何がいけなかったんだろうね、と、結婚前によくいっていた焼鳥屋のカウンターに並び、美帆子は言った。仕事ばかりしていた私を責める何かを言うかな、と美帆

子は思っていたが、

生活の相性が合わなかったんじゃないかな、と夫は答えた。恋愛の相性とか、あるいは仕事の相性、いろんなところに相性があって、そのほかはとっても合ったのに生活だけ合わなかった。だってぼくら、いっしょに暮らしていたときルームメイトみたいだったろう？

でもたのしかった、と美帆子は言い、

うん、ほんとたのしかった、仕事も思う存分できた、と夫も言った。

けれど母親が亡くなってみて、何かぽっかりとした喪失感を覚えたのだと夫は続けた。その喪失感が何か、ずっとわからなかった。ただ親を失った、だれしもが持つものかと思っていた。ひとりで暮らすようになってだんだんわかってきた。以前はそんなものちっともほしくなかった生活というものを、母親と一緒になくしたような気がしていたんじゃないかな。

夫の言うことはよくわかった。美帆子は、夫にはじめて触れたような気がした。あのときもあのときも逃げずに向き合っていれば、もっと早く触れられたかもしれないとも思った。自分はちっともほしくなくて、でも夫がほしいと願うようになった生活とやらを、はじめてみようじゃないかという気持ちになったかもしれないと思った。

実際に半年間も届けを出さなかったのは、単純に事務的な手続きが滞っていたからだ。夫が頭金を出し二人でローンを返済していた家はどうするか。家具は。荷物は。そんな程度のことだったが、ついついおたがい後まわしにしてしまった。

そんなところでも生活の相性は悪いのだなと美帆子は思った。あるいは、もしかして自分にはまだ未練があるのかもしれないと、ちらりと思いもした。

実際半年間、毎日安定した気分だったわけではない。別れてからの新しい日々を思い描いてわくわくするときもあれば、急に落ちこむこともあった。自分はもうだれとも暮らせないのではないかと不安になることも、自分だって忙しかったじゃないかと夫を責めたくなるときもあった。紹介されていっしょに飲んだ男性に久しぶりに胸ときめくこともあれば、放送局と病院を往復していたのはなんだったのかと腹立たしくなるときも、そんな自分を嫌悪してまた落ちこむこともあった。

それでも毎日はやってきて、美帆子は毎朝放送局を目指した。

ブースに入り、ヘッドホンをつけ、送られてきた手紙やファクス、プリントされたメールを見る。

そこにはちいさなちいさなだれかの生活がある。他人にとってはどうでもいいような記憶がある。そうして美帆子はベッドに横たわりラジオに耳を傾けていた義母を思い出す。彼女が人生の最後にした旅を思う。

よし。マイクに向かう。おはようございます、と発語すると気持ちがしゃんとした。不安も過度な期待も、落ちこみもすっと消えた。そうしてようやく、今、用意してあった離婚届に証人として友人から署名をもらい、自分の欄も書き終えることができた。助けられたのだ、と美帆子は思う。毎朝の仕事に。マイクに。お便りに。幾千ものだれかの暮らしに。

ディレクターに呼ばれ、美帆子はデスクを離れ会議室に入る。

「テレビ、やっぱりやる気ない？」

なんの話かと思ったら、それか、とがっくりする。

「ないって言ったじゃないですか」

「そっか、でも気が変わったかもしれないと思って、一応」

「あのね、もし気を遣ってくれているならいいんですよ。朝のメインがなくなったって私はこの局をクビになるわけじゃないんですから、そんなに落ちこんでもないし」

「気を遣ってるんじゃなくて、いい機会だと思うんだけどな。ラジオだって、評判悪くて終わるわけじゃないんだし、人気あったから、このあたりで美帆ちゃん、テレビにいけば、わーっと人気出ると思うけどな」

「そんな、中年女にわーっと人気出るはずないじゃないですか」美帆子は笑う。

「やだなあ、アイドルみたいな人気じゃなくてさ、もっとべつの」

「無理無理無理、無理ですよ」

美帆子の任されている番組は、この秋をもって終了になる。次に決まっているのはおなじ帯でお笑い芸人と若手の女性タレントがメインパーソナリティを務める。今の自分の番組とは百八十度主旨を変えた、華やかでにぎやかな番組にするのだという、局の意思をダイレクトに聞かされたような気分だったが、それほど落ちこみはしなかった。やっと解放される、というような気持ちもあったし、泣きたいときに明るい声を出さなくていい、という思いもあった。ともかく少しゆっくりしようと思った。いろんな意味で、きっと今自分は新しいところに向かいつつあるのだと美帆子は納得している。

プロデューサーやディレクター、番組関係者は、同系列のテレビ番組へのレギュラー出演を強く勧めてくる。識者や文化人が参加するニュース番組で、その司会者のひとりとして、決まった曜日に出てほしいと、テレビ側から要請があるのはたしからしいが、でも、自分の向かう新しいところはそういうところではないと美帆子は思って、断っている。

「テレビ、向いてると思うけどなあ、竜胆さん。お茶の間、和むよー、きっと」

「私、ラジオやりたいんですよ。話ってそれだけなら、もういいですか？」

美帆子はにっこり笑って席を立つ。多くの人が、みんなラジオよりテレビに出たいだろうとなんの疑問もなく思っていることを不思議に思いながら、デスクに戻る。さて、これを出してこようか。さっきまで見下ろしていた封筒を手にとる。新しいところに、いくんだ。

おはようございます、モーニングサンシャイン、ナビゲーターの竜胆美帆子が十時をお知らせいたします。いやー、もう九月も終わりなんですねえ。お正月って、ついこのあいだでしたよね？　おかしいなあ。今年があと三カ月なんて悪い夢としか思えません。……って十時から聴いてくださっているみなさん、いきなり暗いトーンでごめんなさい。悪夢なんて言われても困りますよね。

このあいだはお彼岸でしたね。お彼岸といえばぼた餅。みなさんぼた餅食べましたか。私は祖母の作ってくれたぼた餅が忘れられなくて、毎年自分で作ってみるんですけど、なかなかうまくいかないものですね、今年もごはんが糊みたいになって、どちらかといえば失敗作でした。

棚からぼた餅って言葉がありますけど、みなさん、今まででいちばんの棚からぼた餅ってなんですか？　今日はそれを教えていただきたいと思います。ファクス、メール、どんどんお待ちしております。私の場合の棚からぼた餅は、チョコレート菓子の応募券で当てたチョコフォンデュのセットかな。二年前なんですけど、あれが当たってからこっち、なんかぼた餅的なことってないんですよねえ。しかもチョコフォンデュ、一度も使ってないんですよね。こういう生活態度がぼた餅を遠ざけてしまうのでしょうか。では曲いきましょうか。大和タケルさん……あら、こういう名前の昔の人いましたよね、同姓同名なんですね。タケルさんのリクエストです。曲は――。

二杯目のコーヒーをマグカップに注ぎ、仁絵はデスクに戻らずにベランダに向かう。ガラス戸を開けて空を見上げる。事務所の近隣はビルが密集していて、四階の部屋からでも、ほんの少ししか空は見えない。ベランダに出て見上げると、ようやく長方形の空らしい空が広がる。分厚い白い雲が浮かんでいる。半ば過ぎまで真夏のように暑かったのに、この数日で急に涼しくなった。

白い雲から米粒ほどの銀の光が飛び出してきて、青い空を横断していく。もちろんその飛行機に乗っているはずはないが、今日、珠子はオランダに向けて出発する。十一時台の便だと言っていたから、今はもう空港にいるだろう。

昨日、土曜日に会ったばかりの珠子から電話がきた。滞在場所が決まったとか、帰国予定日はいつだとか、すでに仁絵が聞いたことを珠子はくり返すように話し、用はないけれど長期不在がさみしくて電話をしてきたのかな、と仁絵が思ったとき、

「野島さんの講演会にいったでしょ」

と、言いにくそうに珠子は言った。どうして知ってるのと、嘘をつけずに思わず仁絵は言ってから、ごめん、とあわてて付け足した。黙っててごめん。

「そんな、あやまらなくていいよ、っていうかね、土曜日、ヒトちゃんちで見つけちゃったんだよね、野島さんの新刊。新刊出るの知ってたし、忙しくていけなかったけど講演会の情報も知ってたの。それで、ヒトちゃん、野島さんの本なんか読むんだ、と思って何気なく手にとったら、サインがあるから……って私こそごめん。勝手に本を見たりして」

謝り合っているのがなんだかおかしくて仁絵がちいさく笑うと、珠子も安堵したよう

に笑った。

どうだった？　少しの沈黙のあとで珠子が訊き、どうだったというのは本人の印象か、講演会の雰囲気か、仁絵は訊き返した。

「そっか、ヒトちゃんはじめて会ったんだよね。うーん、講演会は盛況だった？」

「すごいいっぱい入ってたよ、ほとんど女の人。人気あるんだね」

「話、おもしろかった？」

「おもしろかったよ、いつのまにか引きこまれてたもん。だから終わったらサインほしくなっちゃってさ」

「サインの整理券、たくさん出てた？」

「出てた出てた、私なんかその日に本を買ったから、整理番号とかすっごいあとで、たくさん待たされた。帰ろうかと思ったけど、やっぱりせっかくだし、と思って待ってたんだよね」

「けっこう、ひとりひとりが長いでしょ。ツーショット写真撮る人もいたり」

「そうだね、あと、ひとりひとりときちんと話してくれて、その人のリクエストで絵を描いたりしてくれるから時間かかるんだって自分のばんのときわかった」

「キリン、描いてもらってたね、ヒトちゃん」

「むずかしいのリクエストするなあって笑われた。感じのいい人だよね」

「そうなんだよね、だから勘違いするファンとかもけっこういて」

珠子。席なんか半分しか埋まってなかったよ。話はたしかにおもしろかった、でも、サインもらう列だってそんなに多くが並んでいたわけではなかった。写真なんか撮っている人、ほんの数人だよ。ひとりひとりと話して、その人用に絵まで描いたのは、時間を稼ぐために決まっているよ、あんなに少ない人数じゃ十分もしないでサイン会が終わっちゃうから、ああやって時間を稼いで間を持たせていただけだよ。

ねえ珠子。あんたのほうがぜんぜん前を歩いているんだよ。どうしてわからないの。向こうはわかっているじゃないの。わかっているから近づいてこないし、近づけばあんたが二十代のころと変わらないと必死に言い聞かせようとしてるじゃない。自分がつねにあんたより前を歩いているって、あの男は思いたいんだよ。前を歩く女なんか、自分よりすごいことをやろうとしている女なんか、好きじゃないんだよ。なんにも知らない子どもに、あれこれ教えてあげて、わーすごーいって言われていたいんだよ。そんな人とあんたは不釣り合いだよ。珠子お願いだからあんなやつは置いてって、どんどん先に進んで。いきたい場所に向かって。そこでのびのびと笑って。うしろなんか、ふりかえらないで。

そう言うかわりに仁絵は訊いた。

「オランダのこと、伝えた？」

「メールだけど」

「返事はきた？」

「よかったねって」

仁絵は黙る。わお、すごいじゃない。野島恭臣の声は今も耳に残っている。すごいじゃない。おめでとうって言っておいて。祝福のふりをした拒絶。自分といっさい関係ないという線引き。そういうことが、一瞬のためらいもなく即座にできることがこわかったのだと、今になって仁絵は気づく。あの人が珠子を認めることはないだろう。珠子のよろこびを分かち合ってくれることはないだろう。

「よかったねって、返事、それだけ」それが現実だと自分に言い聞かせるように珠子は言った。「電話はなし。いついくのかとか、いつ帰るのかとか、そういうのもなし」

「そっか。本が出たばっかりで忙しいのかも」思ってもないことを言う自分に嫌悪を覚えるが、そんな男やめなよと、今また言うつもりはなかった。

「ヒトちゃん」

呼びかけて、電話の向こうで珠子は黙る。仁絵は先を促すことなく、珠子が話し出すのを待っていた。

「私さ、海外の個展ずっとやりたかった。仕事でやりたいこと、もっともっといっぱいある。けど、もし野島さんと前みたいな関係に戻れるのなら、そんなの何ひとついらないって思ってた。オランダだっていかなくたっていいし、仕事こなくたっていいって」

「それはやりたいと思う仕事をやりたいようにできているから思うんだよ」

もし今の私だったら、と仁絵は考えてそう言った。もし今の私がくるおしくだれかに恋をしていて、その恋がうまくいく保証と引き替えに差し出せるものはなんだろうと考えると、何もないのだった。仕事がうまくいかなくてもいいからこの恋をなんとかして、と言えるほどには、今、仕事に執着していないことを仁絵は自覚している。

「野島さんと対等に話せるように、野島さんにかっこいいって思ってもらうために、がむしゃらにがんばったから、元に戻るには、仕事も元どおりにするしかないのかなって考えて」珠子は言い、仁絵が思ったその通りのことを、つけ加える。「元どおりになんか、なんないんだけどね」

わかってないと思っていた。珠子は、野島恭臣と対等どころか追い越してしまったから彼に見てもらえなくなったと、わかっていないと仁絵は思っていた。わかっていたのか。また仕事のない、お金のない、おいしい店もワインの銘柄も知らない、ワンルームに住む珠子に戻れば野島恭臣が親しくしてくれると思うくらいには、わかっていたのか。もしかして講演会のことも、わかっているのかもしれない。サインに長蛇の列なんかできていなくて、勘違いする女性なんかも今はもういないことも。

「どうするの、これから」

「好きってのは、どうにもならないってわかっても、それこそどうにもならないみたいだから、勝手になくなるまで持ってるしかないよね。とりあえず仕事がんばってくるよ。仕事があってよかったよ」珠子は言って、電話を切った。

いいも悪いもなくて、正解も間違いもない、と言った鹿ノ子の言葉を、空を見上げていた仁絵はふいに思い出す。

おはようございまーす、香菜の声がし、仁絵はベランダから離れる。マグカップに口をつけるともう冷めている。ラジオのスイッチを切って有線に切り替える。まだ時間は早いが、仁絵は珠子の乗った飛行機が影を残してふわりと浮上するところを思い描く。

11

十月の第二日曜日はみごとな秋晴れだった。休日のはずのレストラン、クローバーに入ると、中央にテーブルをくっつけて八人掛けにした席があり、カトラリーも皿も紙ナフキンもきちんと用意されている。けれど準備はまだ整っていないらしく、

「ちょっとそれ出さなくていいって、だから親父座ってたらいいって」

「室温に戻しておいたほうがいいって前に教えたろう」

「あなた狭いからちょっと出ててよ、それで飲みものはどうするんだっけ、シャンパンではじめるの？　ビールは冷えてるの？」

「そんなの勝手に冷蔵庫開けて調べてくれよ」

厨房からは騒々しいやりとりが聞こえてくる。ドアを開けた仁絵はうしろに続く父と母をふりかえり、奥に向かって、

「こんにちはー」

声をかけるが、厨房には届かないらしく、やり合う声はますます大きくなる。

「こんにちはー」

今度は声をはりあげる。ぴたりと静かになる。カウンターの向こうに雄大があらわれ、

「あっ、すみません、ぜんっぜん気づかなくて」ぺこりと頭を下げる。

「やあだ、ごめんなさいね、うるさくて。まあまあおとうさんはお久しぶり。どうぞどうぞ、座ってちょうだい」容子がフロアから出てきて仁絵たちをテーブルに招く。

「どうも、ご無沙汰しちゃって。ひさしぶりにこいつの料理見たら、もう、教えたことぜんぶ忘れていやがって、つい口出ししちゃってねえ」照れたように言いつつ、雄大の父、大平がビール瓶を片手にやってくる。

「やだおとうさん、乾杯はシャンパンよ、それにマーくんがきてないじゃない」

「いいのいいの、真路《まさみち》からは遅れるってさっき電話あったの。先はじめましょ」どの席についていいのかわからないらしい母は、突っ立ったまま言い、

「ほら、赤ん坊連れて遠出するのがはじめてなもんで」その隣に立って父がにやけた顔をする。

「そういえば、生まれたのよねえ、マーくんのところ。男の子だっけ、女の子」

「女の子。あっちに見にいったけど、奥さんに似てくれてよかったーって思って」

「立ち話してないで、座ってもらえ、ほら」

「そうそう、真ん中が仁絵ちゃんと雄大、それでこちらがわにお二人どうぞ」

容子に言われてそれぞれ席に着くと、大平がビールの栓を抜き、シャンパン用のグラスについでまわってしまう。

「ちょっと、もうはじめていいわよ、あんた、乾杯だけでも座ったら」

「あーっもう、うるさいなあ」雄大が厨房から出てきて「いやもう、ばたばたですみません」仁絵の両親に頭を下げてテーブルを見「ああっ」素っ頓狂な声を出す。「あーもう、最初はシャンパンって言ったろう、なんでビールついじゃうんだよ」

「乾杯はマーくんがきてからあらためてやればいいじゃない、ともかくほら、乾杯」容子がグラスを持ち上げ、あわてて大平が雄大のグラスにビールをつぎ、ばらばらと立ち上がり、

「かんぱーい」

テーブル中央でグラスを合わせる。光が反射するような華やかな音が響く。仁絵の父と大平は、シャンパングラスのビールを一気に飲み干してしまい、いやいやいやいやと連発し合いながら、それぞれつぎたし合う。

「そんじゃ真路さんがきたら乾杯なわけね？　前菜もそのときでいいな？　酔っぱらうなよ、それまで」雄大が念を押すように言い、

「なんかつまめるようなものを並べてくれよ、チーズとか、サラミなんかでいいからさ」大平が指図する。

また雄大が文句を言って言い合いがはじまるかと思いきや、チーズとサラミ、プチトマトをのせた皿を雄大は出し、また厨房へと戻っていった。

結納、のようなものである。いいわよ、そんなのやらなくたって、と言ったのは両家の母で、「だってよく知った仲なんだし、あらたまったことしなくたって」というのがその理由、「そう言われれば、まあ、そうだ」というのが両家の父と仁絵の意見、「いや、よく知った仲なんだからやるべきだ」というのが雄大の意見だった。それももっともだ、と両親たちは話し合ったが、でも堅苦しいのはどうもね、と仁絵が言い、スルメとか送ったりスーツとか仕立ててもねえ、と容子が言い、じゃ、うちで食事会だと大平が言い出した。どうせならおにいちゃん一家も呼ぼうと話は進み、ま、宴会だな、と仁絵の父がうれしそうに言った。

結納のような食事会のような宴会のような会合にふさわしく、服装もみごとにばらばらだった。大平はポロシャツに、ジャージに見えなくもないウエストがゴムのズボン、容子はフォーマルではないが黒いワンピース、仁絵の母は和服、父はネクタイなしのシャツにズボン。最初ワンピースでいこうと思っていた仁絵は、急に照れくさくなってジーンズとシャツブラウスに着替えた。「もうはじめちゃおう」と前菜を運んできた雄大はコックコートを着ているが、裾から見えるのは黒のズボンだから、もしかしてあとでスーツに着替えるのかもしれない、と仁絵は思う。

前菜として配られた皿にはサラダとパテがのっている。真路はまだだが、シャンパンでもう一度乾杯がある。

「このたびは私どもの」立ったまま雄大が挨拶をはじめようとし、

「いい、いい、そういうの、いい」大平が座らせ、

「ほう、雄くんずいぶんハイカラなもの作れるようになったんだな」仁絵の父が感心した声を出し、だれよりも先にパテを食べて、「うまいっ」と叫ぶように言う。

それからにぎやかな食事がはじまった。大平と仁絵の父は前シーズンの野球の話で盛り上がり、容子と仁絵の母は商店街のたたんだ店、新しくできた店について話しはじめる。

シャンパンをそれぞれ二杯ずつ飲むと瓶が空き、雄大が白ワインの栓を抜く。それを注いでまわってから雄大が前菜の皿を集めはじめたので、仁絵も立ってそれを手伝った。

「そういえば、今日ってお祝いの会だった」思い出したように容子が言い、

「そうしてるとなんだかもうご夫婦みたい」からかうように母親が言う。

仁絵は無視して厨房に入った。雄大は鍋の前に立ってスープを温めている。

「悪い、手伝ってもらって」鍋をかきまわしながら雄大が言う。

「ひとりで、ってなんか無理がある」仁絵は笑った。

何があったというわけではなかった。デートもあいかわらず、二週間に一回ほど、いっしょに飲みにいくくらいだ。雄大という男の見方が、仁絵のなかで変わったということはない。

それでも決めたのだった。もしかしてまただれかと恋に落ちて、腑抜けになってしまうかもしれないこの幼なじみと、私自身も腑抜けにならないかぎり、しばしともに生きてみようと。

恋人のできないまま年を重ねていくことがこわかったのではないし、結婚に対する焦りがあったわけでもなかった。この数カ月のあいだに、珠子の初海外個展が決まり、鹿ノ子の恋人が亡くなり、珠子がオランダにいき——と、いろいろありはしたが、仁絵自身の身に何かが起きたわけではない。それでも仁絵のなかで何かは変わっているはずだった。

百人が反対してもやめられない恋よりも、どうでもいい毎日をくり返していくこと、他人であるだれかとちいさな諍いをくり返しながら続けていくことのほうが、よほど大きな、よほど強い何かなのではないか。そんなふうに思うようになったのは、仁絵にとっては大きな変化だった。

それを雄大とならできるかもしれないと思ったわけだから。見つめ合うよりも口づけするよりも抱き合うよりも、その退屈なことを、雄大とならできるかもしれないと。

「ねえ」スープを器によそう雄大に、仁絵は話しかける。「どうして三十五歳になってもひとりだったら結婚しようって話になったんだっけ」

ううむ、と聞こえる声を出し、

「それが、おれも覚えてないんだよ」と自信なさげにつぶやいた。

「もしかしてそんな約束してなかったんじゃない？」

「いや、したということは覚えてるんだ」

「私とじゃなかったんじゃない？」からかうように訊くと、スープをよそった器に目を落とし雄大はじっと黙る。黙ったまま、器のへりについたスープをナフキンでぬぐっている。雄大が答えないので、急に不安になる。

「ねえ、本当にその約束、私としたんじゃないんじゃないの？」

「そんなこと、どうだっていいじゃん。これ運ぶの手伝って」

雄大は早口で言い、トレイに器を並べていく。その様子を見ていると、本当によく覚えていないらしい。そんな、と声を上げそうになるが、しかしだからといってなんなのだ、と思いもする。もう決めたことなのだし、今さらぜんぶナシ、というわけにもいかない。

「ま、運命だったんだよ、こうなる」怒ったように言い、雄大はトレイを手に厨房を出ていく。もうひとつのトレイをもって、仁絵もあとに続いた。

「なんていうか、間の抜けた運命だねえ」思わず言うと、

「おれらしくていいじゃん」雄大の背中が答え、

「いっしょにすんな」言い返しながら、でも、本当だ、と笑いたくなる。

「主賓二人が働いているなあ」ふりかえった大平が言い、

「いいんですよ若いんだから」仁絵の母が白ワインを各グラスにつぎ足しながら笑う。

「ねえ仁絵ちゃん、あんなので本当にいいの、ほんっとうにいいの？　あなた聞いたんでしょ、あの話。それでもいいって言ったの、怒らなかったの？」

もうすでに酔っているのか、容子はしつこくくり返す。

「あの話ってなあに」仁絵の母が訊く。

「それがもう、どうしようもない話なのよ、あの馬鹿息子」容子が今にも話しはじめそうなので、

「いいんです」あわてて仁絵は口を挟んだ。「あんなのでいいんじゃなくて、あんなのがいいんです」

「あんなのってなんだ、あんなのって」雄大が残りのスープをテーブルに並べながら言う。

「こんなのでいいなんて、本当にねえ」

「でもそうしていっしょにいると本当にお似合い」

「最初からくっつけばよかったのになあ」

「本当にねえ。灯台もと暗しっていうのかねえ」

でもきっと、幼い恋を打ち明けあったりレコードを貸し借りしたり、漫画をまわし読みしたり将来について話したり、きょうだいのようにいっしょにいたあのころには、雄大とともにいたいとは思わなかったろう。真剣な恋も馬鹿みたいな恋も忘れたい恋もあって、ようやく私たちは出会ったのだろう。そう思いながら仁絵は席に着き、スプーン

でスープをすくう。やわらかくほのかに甘く、バターときのこのにおいが立ち上る。

「あ、あれマーくんじゃない？」

容子が言い、全員が入り口に目を向ける。ガラス戸の向こう、スーツを着こんだ兄と、スリングで赤ん坊を抱っこしたその妻が、陽射しを受けながらやってくるのが見える。

「なんか太ったわねあの子」

「しあわせ太りでしょうよ」

「赤ちゃん、私、はじめましてだわ！」

容子が席を立ち、つられるようにして大平が立ち、しまいにはみんな席を立ってガラス戸に向かう。だれかがドアを開き、陽射しが店にさしこみ、来客を迎えるそれぞれの声が響き合う。

「やあやあ、あの仁絵が雄大となあ！」扉の向こうから、兄の陽気な声が聞こえてくる。

12

おはようございます。モーニングサンシャイン、ナビゲーターの竜胆美帆子が十時をお知らせします。十一月もあとほんの少しで終わり。もうじき先生も走る師走なんですね。へんだなあ、このあいだお花見したのに……。と、このごろ毎回おなじことを言っていますね、ごめんなさい。

さて今日は十時からお聴きくださっているみなさんに、ざんねんな? いえ、もしかしたらよろこばしいのかもしれない? そんなお知らせがあります。

わたくし竜胆美帆子、このモーニングサンシャインをですね、今日をもって卒業させていただきます。……っていう言いかただと、どなたかべつのかたが引き継ぐみたいに聞こえてしまいますね、失礼いたしました、モーニングサンシャイン自体が、終了します。

突然のお知らせでごめんなさい。本当はもっと前に言うべきだったんですが、ほら、やめられたらもう生きていかれない〰なんてお手紙がきたら困るのでね。いや、きませんか、そうですか。

みなさま五年間ものあいだ、日曜以外の毎朝毎朝、こんなにくだらないおしゃべりにつきあってくださって本当にありがとうございました。はじめたときは不安だったのですが、みなさんのくださるファクスやメール、お手紙のおかげで、だんだんたのしくなって、幾度か、友だちとドーナツ屋で何時間でも話していられた高校生のころのことを思い出したりしていました。

今日の最後の質問は「最近、やめたことはなんですか」。みなさん、ファクス、メールどちらでもかまいませんのでどしどしお寄せくださいね。今日は最後なので、出血大サービスでたくさん読みますし、リクエスト曲もできるかぎりかけさせていただきますね。

今日は、最後なので、最近いただいた、ちょっとうれしいお手紙を読もうかなと思います。いつもくだらないことばっかり言ってる私ですが、このお手紙はきちんとまじめに読みますよ。

モーニングサンシャイン、竜胆美帆子さま。いつも職場でラジオを聴かせていただいてます。

いつもゆったりまったりとして、この人、ほんとうにどうでもいいことをよく毎日話せるなあってときどき本気で感心します（笑）。

私の場合は、とくにこの番組を選んだのではなくて、たまたまつけたらこの局で、この番組が流れていたんだけれど、そのまま聴き続けて、もうずいぶんになります。それでこのあいだ、友人と話していて、その友人が、入院しているお友だちのお見舞いにいってこの番組を二人で聴いていたと話したんです。私ももちろん聴いていたので、なんだか、私までその場で、友だちといっしょに彼女の大切な人を見舞ったような気持ちになりました。

何気なくつけて聴いている番組ですが、そんなふうに毎日、だれかしらの生活に寄り添って、私たちと変わらない等身大のあれこれを話してくれているんだなあと思ったら、無数の、会ったことのない、これからも会うことのない本当に多くの人の、それぞれにきっと大切な日常の時間がふっと浮かび上がって、ちょっとびっくりしたんです。

竜胆さん、私この秋結婚することになりました。相手の人も、やっぱり職場でこのラジオを聴いているってわかったとき、なんだかとっても不思議で、とってもうれしかった。もともとは他人で、それぞれに過ごした時間を思うと、不安にもなったりするんですが、でも、朝のこの時間おなじ番組に笑ったり呆れたりしていることで、ずっといっしょにいたような気持ちになったんです。竜胆さんの声を聴きながら、なんだかずっと彼とおしゃべりしているような。

ちっともうまく書けないんですが、このこと、どうしても伝えたくて手紙を書きました。これからもそれぞれの職場でこのラジオ聴き続けますね。あいつもがんばっているんだから、わたしもがんばるぞって、この声を通して、きっと思うんだろうな。いつも本当にありがとう。泥酔には注意してください！


泥酔って、いったいなんなんでしょうねえ……まるで私が毎晩泥酔しているのを知っていらっしゃるかのような……いえいえ冗談ですよ。でものろけすぎじゃないでしょうか。でも、まあ、のろけていられるのもほんの一時……これもまた冗談ですよ、やっかみと思ってください。

とてもうれしいお手紙、ありがとうございました。えーと東京都にお住まいの、ペンネーム、人生これでいいのださん。人生これでいいのだ。いいお名前ですねえ。私は今日が最後ですが、でも、どうぞ新しいご家族のかたと、おなじ時間をたくさん重ねていってください。ご結婚、ほんとうにおめでとうございます。これから、たのしくてうれしいことばかりではない、つらいことやかなしいこと、退屈なことむかつくこと、いろんなことがあると思いますが、どれもたいせつな記憶になるのだと思います。そしてどんな記憶も、のちにちいさな光を放つのだと思います。その光をどうかお二人で、たくさん作っていってください。末永くお幸せに。

特別付録

小島慶子（タレント・エッセイスト）とラジオ対談

――「それもまたちいさな光」は、TBS開局六十周年を記念して、角田光代さんにラジオ小説を書いて頂き、TBSラジオでドラマ化する、というコラボレーション企画です（放送は、二〇一一年十二月二十三日、二十四日）。

小島　角田さんの小説、もう夢中で読んでしまいました。私がラジオで喋りながら考えていることと、（小説内のラジオパーソナリティの）竜胆《りんどう》美帆子さんの考えていることとが似ていて、とても共感しました。それから私、最初のところで（主人公の）仁絵ちゃんが、竜胆さんのトークを聴いて、こんなどうでもいい話をよくペラペラ喋れるなあって、思うところが好きなんです。

角田　ハハハハ。

小島　なぜかというと、ラジオファンって、自分にとってすごく記念になるラジオ体験を持っているんですが、そのときに喋った内容はほとんど忘れ去られていて、こういう気持ちのときに聴いていたとか、こういう状況で聴いていた、っていうことを重要視している。ラジオは空気に似ているかも知れない。リアルなラジオ体験ってたぶんそれなんです。竜胆さんのように無関係に声がその人の側に存在しているという感じ。理想なんですけど、なかなかできませんねえ。

ラストで仁絵が竜胆さんに手紙を書きますが、そこに「同じラジオ番組を違う場所で聴いていた」と書かれていて、（涙声になって）あれはすごい泣いちゃいましたよ。

角田　ありがとうございます。

小島　その箇所を読んでいたとき、私、新幹線で福島から帰ってくるところで、ちょうどTBSラジオの入る北関東の景色が窓外に広がっていました。会ったことも、たぶんこれから会うこともないけど、人が暮らしているこの空に、毎日私の声が届いている、どこかで誰かが聴いてくれてるんだよなあ……と。それはわかってたんですけど、文字として読むと、本当に励まされました。

角田　いやあ、それは本当に嬉しいです。

小島　出てくる人はみんな普通の人で、ドラマチックな展開があるわけでもない。竜胆さんだってそんなに冴えないし。

角田　ハハハハハ。

小島　でも、すごくリアルでした。たとえば、結婚式は祝福される側はドラマなんだけれど、出席者にとってみたらそうでもないじゃないですか？　でも、やっぱり当人にとってはドラマなんですよ。私、投稿を読むってそういうことなのかなって思ってるんです。傍から見たらどうでもいいけど、その人にとってはすごく思い出深いエピソードを、ラジオという場所に取り出してみると、ちょっとキラッとして見える。それは尊いことだな、なんて思っていて。

角田　ありがとうございます。実は私、ラジオを聴く習慣がないんです。だから、ラジオ小説を書いてくれ、と言われてもわからなかった。まずは小島さんの『小島慶子キラ☆キラ』（アスペクト）を買って勉強したんです。

小島　ほんとにー？　嬉しい！

角田　でも読み始めたら、キャラクターが強烈すぎて、小説が小島さんに引っ張られちゃう、と思って途中でやめて。

小島　ハハハハ。

角田　書きおえてから全部読みました。竜胆さんは全然私と違うとこがいっぱいあって、竜胆さんみたいに喜怒哀楽を出さず喋れたらいいなあと思ったんです。どうでもいい話を一人で喋るって本当に難しいんですよ。掛け合いはできますけど。

小島　ものすごく光栄です。

角田　そうなんですか？

小島　私は毎日、自分がなんでマイクの前にいるかわからないんです。何かの専門家でもないし、芸があるわけでもないから。結局、その辺の人がたまたまえらくお喋りだからここにいる、ということでいいのかな。だから人が言わないで心に溜めてること、自分が誰かに嫉妬した話とか、何かに怒った話もしようと思ってるんです。

角田　でも、本を読んで小島さんってはっきりものを言う厳しい人かも、という印象があったんですが、お会いして声を聞くと、届き方が全然違うなぁと思いました。厳しいことでも、小島さんの声だと、柔らかく面白く届きますね。

小島　よかったです（笑）。

角田　竜胆さんみたいに、お酒はよく飲まれるんですか？

小島　弱いんですよ（笑）。竜胆さんはマイクの前に坐ると声がシャキッと出るんですよね。

角田　あるアナウンサーの方と対談させて頂いたときに、対談が終わって十八時から一緒に飲んでいたんです。その方は平日夜の時間帯、毎日、生放送に出ていらしたんですが、ずっと飲んでらして。

小島　へえー。

角田　周りは「大丈夫ですか？」って言うんですけど、「大丈夫です」って、直前まで飲まれる。それで急いで家に帰ってテレビをつけたら、その方が普通にニュースを読んでいらっしゃって。

小島　カッコいい！

角田　毎日出演があるっていうのはすごいことですよね。

小島　ちょっと重荷ですねえ。そんなに毎日身の周りに事件が起きたり、面白い出来事があったりしませんからね。でも、毎日面白くしなきゃ、という思いにとらわれると、どんどん日常から乖離《かいり》していくので。それをせずにただ喋るのは、しんどくて、しんどくて。

角田　番組が生活の中心になってしまうんですか。

小島　しないようにしています。私、ラジオパーソナリティって名乗っていますが、ラジオを中心にすると、ラジオのための話しかできなくなってしまいますから。ラジオもやって、テレビもやって、素人エッセイも書いて、子育てもしてと、いろんなことをやってるときに、地味に発見したり、地味に考えが深まったりするじゃないですか。それをたまたまラジオっていう場所で声にして出す、というのが私のやりたいことで。

角田　なるほど。

小島　角田さんはどうやってこの小説を書かれたんですか？

角田　今回は企画ものなので、ラジオが出るという制約があったんです。ラジオは生活の中にあるというイメージを守ることと、あとは、誰かと誰かが結婚する話にしようと思いました（笑）。

小島　小説ってそういうところから生まれてくるんですか。

角田　ＴＢＳの昔のドラマで、『ムー一族』とか『寺内貫太郎一家』が好きで、ああいう個人商店とか家内工場で、ラジオが流れるっていいなぁと思ったんです。

小島　今もそうですよ。手工業の方もそうですし、あと漫画家とかデザイナーとか、運転手も多いですね。

角田　小説では、レストランとデザイン事務所とタクシーですね。

小島　レストランでも、デザイン事務所でも、タクシーでも同じ番組が流れていて、共感する。これをヘビーリスナーじゃなくて書けるって、角田さん、本当にすごいと思いましたよ。

角田　ライブドアがニッポン放送を買収する、という事件がありましたよね。あのとき、ラジオ局とリスナーがものすごく抵抗を示していたのが印象的だったんです。誰かにとっては必要不可欠な何か、ある種の文化として独立したものがあるんだなって、ラジオに対する印象がガラッと変わって。

小島　コミュニティなんだと思います。クリーニング屋さんからメールを頂いて、向かいの八百屋さんも『キラ☆キラ』を聴いているのを発見、って書いてあったりしますから。私もリスナーだったのでそうなんですが、自分の隣人になっちゃう。身内意識が強いんですよね。

角田　ええ、ええ。

小島　お互いに会ったこともなくて、肉体はバラバラのとこにいるんだけど、そこに確固たるコミュニティがあるんです。昔も今もあんまり変わらない。

角田　タクシーの運転手さんにも、いつもこれを聴いているんだろうなという方がいますよね。

小島　病床で聴いている方もいますよね。小説の鹿ノ子とタッくんみたいに。私、前の職場の先輩のお父様が亡くなったときにお悔やみを言いに行ったら、(涙声で)「親父はね、最後まで楽しみにしてたものが二つあって、一つは看護師の何とかちゃんで、もう一つはきみの『キラ☆キラ』だったんだよ。ありがとう」と言われて、すっごく嬉しくて。

角田　へえー。泣いちゃう。

小島　泣いちゃいました。ラジオで喋るっていうことは、誰かの最期に立ち会うことでもあり、誰かの孤独の隣にいることなんだなって、そのとき思って。

角田　入院して弱っている方を間近で見てて思うのは、まず本や雑誌は重くて持てないですね。テレビも観るのに力がいる。ラジオくらいしか聴けない。

小島　いくらでも喋りたいことがある鹿ノ子とタッくんが、最後にどうでもいいことを聴いて過ごしていた、というのがもう泣けて、泣けて。

角田　ありがとうございます。私はラジオの小説で、ラジオでしかできないことを書きたいと思ったんですね。東北に四月に取材に行ったときに、震災で電気もガスも何もかもが止まった中で、ラジオだけがライフラインとして機能していたという話を聞いて、ラジオって本当に何か特別だなあ、そういうことこそを書きたい、と思ったんですが、そのことを書くにはまだまだ時間が必要ですね。

小島　私、たまたま震災のときにラジオに出演していたのでよく聞かれるんですけれど、震災をきっかけにラジオってすごいと個人的に思ったのは、リスナーとしてだったんです。震災の翌週の金曜日、いつもはＡＫＢ48さんがやっている『オールナイトニッポン』のパーソナリティが（仙台出身のお笑いコンビの）サンドウィッチマンさんだったんですね。

私、ツイッターで情報を集めていて、サンドウィッチマンさんが『オールナイト』やるよ、というのを知って、ｒａｄｉｋｏというＰＣでラジオを聴けるサイトで聴きはじめたんです。ショートコントと被災地のメッセージと曲を織り交ぜた構成だったたんですが、私、コントで震災後初めて、思わず笑ったんですね。ツイッター上では、被災地の人もいるし、全然そうじゃない遠いところに住んでいる人もいて。その人たちがみんな、泣き笑いしているんですよ。ドリカムの『何度でも』という曲がリクエストでかかったんですけど、「何度でも何度でも何度でも　立ち上がり呼ぶよ　きみの名前　声が涸《か》れるまで」というサビを、みんなでツイッターで合唱したりして。

角田　へえー。すごい！

小島　やっぱりラジオって、こうやってみんな同じときに泣いて、笑えるものなんだな、というのがあのとき改めて感じられた。中学、高校時代、家庭も学校も嫌で嫌で仕方がなかったときに、ラジオだけが私にとってリアルだったあの感覚を思い出して。

角田　ええ、ええ。

小島　三月十日以前の世界には戻れない、私から平穏な暮らしは永遠に失われた、と思っていたんですが、まだ終わってなかった。笑えるし、前に流行ってた歌も歌えるし、みんな同じ気持ちなんだから、全部が変わったわけじゃない。ラジオってすごいじゃん、と思って。

角田　はあー。なるほど。

小島　角田さんの小説には、みんながバラバラの場所でバラバラの心境で聴いているんだけど、そんなことで人は生きていける、という全く同じ構図が、平凡な日常のストーリーだけで書かれていますよね。

角田　いまお話を伺いながら、これから私、ラジオを聴こうって思いました。

小島　嬉しいです、ぜひ（笑）。

角田　小説の場合は、そういう同時性というのは全然ないです。電車で隣の人が偶然同じ本を読んでいても、同じ箇所を読んでいることはないですから。

小島　テレビは遠くにある舞台を観るものなので距離を縮めるには時間もエネルギーもいるんだけど、ラジオはいきなりリスナーの隣人になれる。でも、小説は読むと本人の声で再生されるじゃないですか。いきなり脳のなかに入れるんです。それはあんまりほかにないことだなあって。ラジオは、やろうと思えば間合いとか声色とかである程度の気配は伝えることができます。どんな風に再生されるかわからないのに小説を書くのって、怖くないですか？

角田　私はやっぱり喋るほうが怖い。何言っちゃうかわかんないじゃないですか（笑）。小島さんにとってラジオがそうだったみたいに、私も幼い頃から、自分が読むことで世界を見るということに縋《すが》ってた部分がきっとあって、そういうものを自分で書けることが嬉しいのかも知れない。

小島　ホントにご都合主義なんですけど、声は消えちゃうから。よっぽど記憶力がない限り、言葉は残らない。ただ、言葉が触ったその手触りだけは残りますけど。紙はほら（角田さんの小説の原稿を触りながら）、逃げないから。

角田　小島さんの声の手触りが、ご自身で喋ってる時に、あれ、今日はよくない、というときもあるんですよね。

小島　こちらの力加減はやさしかったと思っても、そこに傷がある人には痛いじゃない。性感帯だったらすごく感じちゃうし（笑）。何もない人は何も感じないですよね。知覚する側のことに関しては私はどうにもできない。せめて手触りくらいはコントロールしたぞ、というところで私はよしとするんですね。「痛かったよ、てめえ、あの古傷抉《えぐ》りやがって」と言われたら、しょうがないな、そこに当たっちゃったんだな、と思うしかないんです。

角田　そうかぁ。小説だと、きっと逆に「殴られた」と言われたほうが嬉しいです。「何にもなかった。触られたことに気づかなかった」と言われるよりも。

小島　どこにも「殴る」とか「抉る」って書いてないのに、どうしてこんなことができるんだ、（小説原稿をめくりながら）真っ白の紙だったのに、と思って（笑）。私、すごく泣いちゃったんですから。こういうのって、どうやってお考えになって書くんですか。書いてるうちにできてくるものなんですか。あとから直したりするものなんですか。

角田　この小説みたいに結末がはっきりわかるものは、最後から組み立てていくんですね。

小島　へえ。

角田　設定だけ決めて書きはじめてしまうこともありますけど。

小島　じゃ、設定だけ決めて書きはじめてみたら、思いのほか違う形になったということも、よくある？

角田　あります。でも、それは嬉しくないですね。私ね、自分の書いたものを、こんな風に書けて嬉しい、と思うときがあまりなくて。どこかが何かうまく行っていないような気がして。でも、いつもそうで、くよくよしがちなんです（笑）。そういうことないですか。

小島　あります。でも、ほんとにご都合主義ですけど、残らないし。

角田　ハハハハ。そうか。形として残ることがいやなんですね。

小島　うん。怖い。だから、すごく身構えちゃいます。

角田　たぶんそれは、きっとご自身そのものでお仕事されているからですよ。小説って私じゃないんです。小説を書くのは私だけど、私を書いたものじゃないから、私の実感とはほど遠いんです。いやだなあと思いながら編集者に渡して、それが活字になってしまえば、自分の中には残りません。

小島　へえ、そうなんですか！

角田　責任の所在は受け取った側にあると思う。聞くことも読むことも一見、受け身のように思われているけれども、実はそうじゃなくて、関わろうという能動的なことだと思うんですよね。

小島　えー。忘れていいんだ、と思えるなら、私、エッセイを書くのも早くなりそう

（笑）。

角田　小島さんは、書くことと喋ることだと、やっぱり喋るほうが得意ですか。

小島　仕事量とか、仕事にかかるまでのウォーミングアップなんかを考えると、喋る方が得意なんですけど、今のところ、書く方が自由な気持ちでやっています。本業じゃないから許してくれるかな、という甘えもあるんですが、ラジオみたいに時間に制限がないし、場合によっては何度も読んで頂けますから。

言葉を組み合わせて、これまでにない作品をつくるのは本当に尊いなと思います。角田さんの文章って、とてもわかりやすいですよね。癖もないし、見たことのない言葉もない。でも、誰も使ってないようなものを持ってきて、それを開陳して、みんながそれに魅了されることが表現だと思ってしまうと、誰にも通じない話が最も優れた表現だ、ということになっちゃうじゃないですか。

角田　そうですね。

小島　通じる範囲でその人にしか使えない言葉で表現するって、どんな按配なんだろう、ということが私、わからなくなることがあって。角田さんの文章は誰もが使っている言葉で、読んでいると勝手に文章が喋りかけてきますよね。

角田　それは初めて言われたんですけど、私は、書き手の名前を伏せて一文を抜いたときに、これは誰の文章か絶対にわからないような、無個性な文章を書くように心掛けているんですよ。

小島　へえ！　なぜそう思われたんですか。

角田　私がデビューした二十年前に文体ブームがあって、文体こそその人であるとか、文体がその小説の芯である、みたいなことをずっと聞かされていたんですね。十年ぐらい文体で悩んでいたんですが、悩みすぎて、あるときどうでもよくなって文体を放棄して、無個性な、文体について一切考えなくていいものを書いていこうと決めたんです。

小島　具体的にはどんな工夫なんですか？

角田　私、形容詞を結構使っちゃうので、ゴテゴテした形容詞を取るとか、あえて平仮名にして個性を出すことをしないとか、感覚的な擬音語、擬態語を使わないとか……。小島さんは何か心がけていらっしゃる喋り方はあるんですか？

小島　うーん、ラジオで喋るのは、日常会話と何も変わらないと思ってます。自分と他人の関係って同心円状に広がっていると思っているんですよ。私には息子が二人いるんですが、同心円のいちばん近くにいるのが子供で、リスナーはもっと遠くにいるけれど、いちばん近くにいる人に届く話じゃなかったら、遠くにいる人にも届かないと思ってるので、子供と話すときにどうであるか、ということと、リスナーに対して話すときにどうであるか、ということは全く同質なんですね。そう思って喋らないと、全て結局、その場を埋めるためのものにしかならない。ラジオって場が埋まればいいものじゃないんです。

角田　たとえばどんなことを喋るんですか？

小島　息子には「人って生きていると思うようにならないことがほとんどなんだけど、その途中で嬉しかったり、わかったと思ったりすることはあって、それでいいんだ」と言っているんですが、喋り方は変えても、同じ内容、理屈、動機でリスナーにもそう話します。私が何を届けることができるか、私の言葉に責任を持つとしたら、私の実感しかないんです。一つのサンプル。でも、サンプルがないと思考が広がらないので、サンプルでありたい。

角田　なるほど。だから実生活から乖離しないことが必要になるんです。

小島　逆にお子さんには話さないし、同じようにリスナーにも話さないことってあるんですか？

角田　例えば、自分の性感帯の話はしないですよ。

小島　ハハハハ。

角田　「ママはね、どこが感じるかっていうとね」と言わないのと同じで、ラジオで、「いやあ、私の性感帯は」とは話さないですよね。一般的なセックスの話はするけれど(笑)。それから、誰のなかにも嫉妬があるから、私は人に嫉妬することがあるという話はするけれど、事細かに嫉妬の全容は話しません。個人的な実感話に、汎用性があるかどうか、というのはいつも考えます。汎用性があれば話すけど、汎用性がなくて、単に自分のドロドロしたものの描写で終わるだけなら話さない。

角田　なるほど。

小島　角田さんは、自分のルサンチマンを縷々《るる》書き連ねて、作品に昇華させることを小説に求めたりはしないんですか？

角田　ないですねえ。日記にはドロドロしたことを書いて何とか終わらせようとしますけど、小説やエッセイに持ち込んだりはしないです。ただ、そういう黒い感情を知っているということが、書くときに役には立ちます。

小島　角田さんに質問します。たとえば自分には恋人がいるけど、それとは別に素敵な男性がいて、ちょっとその人が自分に気があるふうにも思える。たとえば、いまの恋人が事故で死んだら、私、あの人と付き合えるのかなって……一瞬でも考えると、そのときに、「女って恐ろしい」と考えちゃうんですね。「私」って恐ろしい、と考えない。それから、自分の親に対して「こん畜生、ぶっ殺してやる」なんて感情をたぎらせたこともあったんですけど、そのときに、「親子にはこういうことが起きるんだな」と思うわけです。「私」はひどい子供だな、と思わない。

角田　ハハハハ。

小島　これは自分の邪悪さからサバイブするためなのか。そもそも人間ってそういうものなのか。何なんだろうっていつも思ってるんです。自分の中にあるものは、他人にもあるものなのか、と思ってしまいませんか？

角田　それは、さっきの汎用性の話と関わってますよね。

小島　さっきのお話だと、具体的に何が起きたのかよりも、そのときに心にどのような力が働いたのか、ということを抽出して、具体的なものに置き換えれば小説になるわけじゃないですか。何かを伝えるのに、具体的な事例を説明しなくても、エネルギーの働き方を一般化して伝えれば、わかりやすくなったりするのかな、と。私はそういう考え方が習慣になっているんです。

角田　面白いですね。私、考え方が逆です。こんなこと思っている私はなんて恐ろしいと思う（笑）。たぶんわかってもらえないから日記に書いて、自分の中だけで終えようとします。だから、たとえその心の動きを小説に書いたとしても、万人に受け入れられるとはやっぱり思ってないです。

小島　私も人間みな同じとか、人間は分かり合えるとか、幻想は一切持っていないんです。でも、子供を見てて思ったんです。教えてもいないのに、邪《よこしま》な心もやさしさも持っていますよね。人間って標準装備として、いろんな感情を萌芽のように持っている。それが何かの条件下で、表出してくるかこないか。これは薄皮一枚の差なのかなと思うんです。そういうことを念頭に置きながら、こんな人いるかも知れないなぁ、と思いながら小説を読むんですけど。

角田さんは、どうやって人物像をつくるんですか？

角田　私が書く主人公は女性が多いんですけど、女性主人公は自分が嫌いなタイプを設定するんです。その人の性格と、あと、たぶん十人が十人、その人と話したときにイラッとするポイントを決めます。

小島　えー、面白い。

角田　自分の好きなタイプの女性を書いてしまうと、自分の味方になって、その人が小説の中で正義を持ってしまうんです。でも、嫌いな人だと、私が客観性を保てるんです。

小島　へえー。

角田　それから、好きな人ってそんなにジロジロ見ないけど、嫌いな人はどうして私、この人が嫌いなんだろう……と、ものすごく観察して考えるんです。だから、嫌いな人の方がバージョンが多いんですよね（笑）。

小島　確かに好きな人って、受け入れちゃったら終わりですよね。私は実はすごい平和主義で、争いを起こさないために、嫌いだと思った対象をとことん嫌い尽くして、早く忘れたいんです。

角田　ハハハハ。嫌うのってほんとにエネルギーがいります。私の場合、嫌い尽くすには、どうしてこんなに嫌いなんだろうと言葉で考えるんですよ。こういう理由でこういうところが嫌いなんだっていうことが言葉でわかると、スッと離れることができるんです。きっと同じですね。

小島　反対に、自分の好きな人物はどういうふうに登場させるんですか。

角田　百パーセント好きとはならないように、距離を取ってるかなぁ。書きおわって、あ、好きだったな、ということはあります。

小島　この小説では、誰が好きなタイプなんですか。

角田　（しばらく考えて）……仁絵のお母さんかな。

小島　嫌いな人物を通じて世界を書いていくと聞くと、すごく悪意に満ちた、おどろおどろしい世界が現れてしまうんじゃないか、と思いがちですけど、そうならないのが不思議。男性の人物像はどうですか？

角田　私、男性はけっこう嫌いにならない。ハードルが低いんですよ。小島さんは女性と男性を見る目は、どっちが厳しいですか。

小島　同じいやらしさを持った人間だったら、確かに女性のほうが目につく。

角田　これに出てくるいやな男性は、べつに嫌いじゃないんです。リアリティがあればいいなと思っているぐらいで。女性のほうがちょっとイラッとしながら書いてる（笑）。小島さんは実在の人について何か、ラジオで具体的に話すことはあるんですか？

小島　いっぱいありますよ。でも、その個人がある程度特定できないような工夫を加えながら喋ります。「私の元カレと付き合っているから彼女のことは許せない」とか、そういう個人的な感情は喋らない。

角田　ハハハハ。

小島　でもたとえばこれから話そうと思ってることで、ある女性がいて……（しばし、知り合いの話）。

角田　怖ーい（笑）。

小島　ほんとうに怖かったんです。

角田　そのお話、いずれされるんですね。ああ、でもそれ、本人が聞いたらわかっちゃいますよね。

小島　わからないようには言うけど、わかってしまったら仕方がない。本人が言ったことは事実で、それを私がどう見たか、ということは彼女にはコントロールできないので。彼女を糾弾するために言いたいんじゃないんです。そんな考え方はあんた苦しいだろうって、本人に言ってもどうせ聞こえないだろうから、もし彼女が耳にしたときに、なるほど、小島はそのように私を捉えたか、と思ってくれたら嬉しいなと思って。

角田　小島さんは強いですねえ。

小島　強くないです。面と向かって言えないから、そういうちょっと一般化した形でしか言えないんです。角田さんの許せないものって何ですか。

角田　許せないもの？　えーと、考えないこととか、考えずに何か言うとか、あとは嘘を続けるとか、そういうことかなあ。

小島　喋ったり書いたりとか、人に何か伝えようとする人って、大事だと思っていることの一方で、許せないものがないと、話がなかなか組み立てられないと思うんです。

角田　確かにそうですよねえ。

小島　私の場合許せないのは、考え方一つで他人も自分も幸福になれるのに、頑なにある考えにとらわれているがゆえに、自分も苦しけりゃ周りの人もいやな思いをするということなんです。そういう人を見ると、どうしても、どうしても、ひとこと言いたくなる。それが動機になってる。そういう息苦しさのない世の中に生きたいなと思ってるんですが、角田さんにとって、そういうのは何なのかなあ、と思って。

角田　そこまで考えたことはないです。なぜなら、小説ってたぶん人を楽にしたりも変えたりも救ったりもしないんです。小説は何の為にもならないものだ、という信念があって。

小島　そうなんですか。

角田　もちろん、許せないことやしたくないことはあるんですが(笑)。

小島　人を救うことができるのって、お薬ぐらいですかねえ(笑)。私もよく、「ラジオは人と人との絆をつくり、人の孤独を救いますよね」なんて言われるんですけど、さっきも言ったように、どう受け取られるかを決めることができない限り、救えないじゃないですか。でも、自分が受け手だったときは、どうでもいい話をしてくれるおじさんが毎晩十時になると必ず私の部屋に現れるということが、私にとっては救いだったんです。

角田　うん、うん。

小島　私にとって、それは三宅裕司さんだったんですけど。三宅さんに会ったときに、「私、世界が真っ暗だったときに、毎晩三宅さんだけが本当に拠り所だったんです」と言ったんですね。そしたら三宅さん、怪訝なお顔をされながらも、「ああ、そう。ここまでよく頑張ったね。大変だったね」と言ってくださって。私、泣いちゃったんですよ。

本当にチョー独りよがりな迷惑なファン状態だったんですけど（笑）。でも、こういうことなんだな、と。喋り手の思いもよらないところで拠り所になっていて、「よく頑張ったね」みたいにありふれた言葉を言われただけで、私、救われた、と思うことがある。だから私、すごくありふれた型通りの言葉も、どんどん言おうと思ったんです。

角田　ええ、ええ。

小島　特別な言葉を、心を込めてとか考えるのはおこがましいと思って。

角田　本当にそうですねえ、でも、私も若いときはやっぱりそういう気負いがありましたね。

小島　ありましたか。

角田　忘れられない一文を書かなければ、とかね。

小島　「トンネルを抜けると」的な？

角田　そうそう（笑）。

小島　これからラジオドラマの収録がありますが、仁絵を書きながら、どなたが演じたらいいな、って考えませんでした？

角田　いえ、全然ないんです。私、書いてるときに映像とか音声が一切浮かばないんですよ。

小島　へえー。

角田　顔すら浮かばないんです。星座と血液型は決めるんですけど。

小島　星座と血液型を決めるんですか。

角田　好きなんです（笑）。

小島　仁絵ちゃんは何座？

角田　仁絵ちゃんはおうし座（笑）。私の小説が映画やドラマになったときには、動いて声が出ているから、自分の小説だということを忘れて、すごい、面白い、ってのめり込んじゃう。

小島　へえー。じゃあ、この人の演技は本質を衝いてないとか、監督、私の世界観を理解してないな、みたいなことはないんですか？

角田　全然ないです（笑）。ラジオだとどうなんだろう。二時間半あるんですよね？私、ラジオを聴き慣れてないから、どうやって聴けばいいんだろう。

小島　ハハハ。おすすめは電車の中みたいにちょっとザワザワしたところで聴くことです。少し雑音があった方が、心地よく聴けますよ。

角田　やってみます。小島さんはご自分の放送はあとから聴かれたりしますか？

小島　毎回は聴かないですね。少し失敗したとか気になった箇所がある回は聴きますけれど。

角田　聴くとどんな感じなんですか。

小島　毎回思うのは、よくこんなこと聴いてくれるなあと（笑）。

角田　小島さんは、タクシーに乗って喋ったときに、「もしかしてあのラジオの」と言われることってありますか。顔は知られてなくても。

小島 あります、あります。運転手さんが振り返らないで、「小島さんですね」とか(笑)。

角田 ハハハハハ。

小島 どうせ声でバレるから、私は出かけるときにまったく変装しないんです(笑)。

角田 ラジオで毎日毎日聴いてるとわかっちゃうんですね。

小島 本日はたくさんお話しさせて頂いたけど、私は「それもまたちいさな光」を読んで涙を流して、自分の仕事というものをもう一回考えたいと思ったわけですが、これは他のどの読者とも違う、私固有の体験です。その体験は、たったこれだけの容積の作品がなければ得られなかったもので、それはもう奇跡のようなことだなと思うんです。だから、これから私は角田さんのものを読んで角田光代論を語れる女になろう、とは思わない。それは人に開陳するためのもので、体験ではないから。

角田 そういう読まれ方は嬉しいです。どこで笑って、どこでつまらないと思ったかって、ほんとに一人ひとり違う個人の体験です。それが本の面白いところだなと思います。

小島 角田さんは読者にどう言われると嬉しいんですか?

角田 べつに、何でもいい。「読みました」と言ってもらえるとやっぱり嬉しいです。私、自分の感想を聞くのがすごく苦手で。誉められると、テレちゃうんですよ。面白くなかった、っていう感想はなおのこといやだし（笑）。小島さんって脳と言葉が直結してるから、すごく話がわかりやすいですね。

小島　ほんとに？　嬉しい。

角田　すごく刺激的でした。

小島　私も今日、角田さんとお話しできて、なんかちょっと霧が晴れました。ラジオドラマも楽しみに聴かせて頂きます。

初出　『オール讀物』二〇一二年一月号

文春文庫

それもまたちいさな光《ひかり》

定価はカバーに
表示してあります

2012年5月10日　第1刷
2025年3月25日　第5刷

著　者　角《かく》田《た》光《みつ》代《よ》
発行者　大沼貴之
発行所　株式会社 文藝春秋

東京都千代田区紀尾井町3-23　〒102-8008
TEL 03・3265・1211(代)
文藝春秋ホームページ　https://www.bunshun.co.jp

落丁、乱丁本は、お手数ですが小社製作部宛お送り下さい。送料小社負担でお取替致します。

印刷製本・TOPPANクロレ

Printed in Japan
ISBN978-4-16-767208-9

（　）内は解説者。品切の節はご容赦下さい。

角田光代
空中庭園
京橋家のモットーは「何ごともつつみかくさず」……普通の家族の表と裏、光と影を描いた連作家族小説。第三回婦人公論文芸賞受賞、小泉今日子主演で映画化された話題作。（石田衣良）
か-32-3

角田光代
対岸の彼女
女社長の葵と、専業主婦の小夜子。二人の出会いと友情は、些細なことから亀裂を生じていくが……。孤独から希望へ、感動の傑作長篇。直木賞受賞作。（森　絵都）
か-32-5

角田光代
それもまたちいさな光
幼なじみの雄大と宙ぶらりんな関係を続ける仁絵。しかし、二人には恋愛に踏み込めない理由があった……。仕事でも恋愛でも岐路にたたされた女性たちにエールを贈るラブ・ストーリー。

か-32-8

角田光代
かなたの子
生まれなかった子に名前などつけてはいけない――人々の間に昔から伝わる残酷で不気味な物語が形を変えて現代に甦る。時空を超え女たちを描く泉鏡花賞受賞の傑作短編集。（安藤礼二）
か-32-10

角田光代
おまえじゃなきゃだめなんだ
ジュエリーショップで指輪を見つめる二組のカップル。現実とロマンスの狭間で、決意を形にする時―すべての女子の、宝石のような確かで切ない想いを集めた恋愛短編集。

か-32-11

角田光代
降り積もる光の粒
旅好きだけど旅慣れない。そんな姿勢で出会う人や出来事。三陸からアフリカ、パリ、バンコク。美食を楽しむ日もあれば、世界最貧国で危険を感じる。旅にまつわる珠玉のエッセイ。

か-32-14

角田光代
太陽と毒ぐも
大好きなのに、どうしても許せないことがある。不完全な恋人たちの、ちょっと毒のある11のラブストーリー。「角田光代の隠れた傑作」といわれる恋愛短篇集が新装版で登場。（芦沢　央）
か-32-17

（　）内は解説者。品切の節はご容赦下さい。

石田衣良
コンカツ？
顔もスタイルも悪くないのに、なぜかいい男との出会いがない！　合コンに打ち込む仲良しアラサー4人組は晴れて幸せをつかめるのか？　コンカツエンタメ決定版。（山田昌弘）
い-47-32

石田衣良
MILK
切実な欲望を抱きながらも、どこかチャーミングなおとなの男女たちを描く10篇を収録。切なさとあたたかさを秘めた、心と身体をざわつかせる刺激的な恋愛短篇集。（いしいのりえ）
い-47-35

乾　くるみ
ハートフル・ラブ
実習グループの紅一点をめぐる理系男子の暗闘を描いた「数学科の女」や日本推理作家協会賞の候補となった「夫の余命」ほか、どんでん返しの名手の技が冴える珠玉のミステリ短篇集。

い-66-6

岩井俊二
ラストレター
「君にまだずっと恋してるって言ったら信じますか？」裕里は亡き姉・未咲のふりをして初恋相手の鏡史郎と文通する――不朽の名作『ラヴレター』につらなる、映画原作小説。（西崎　憲）
い-103-2

川上弘美
溺レる
重ねあった盃。並んで歩いた道。そして、ふたり身を投げた海。過ぎてゆく恋の一瞬を惜しみ、時間さえ超える愛のすがたを描く傑作短篇集。女流文学賞・伊藤整文学賞受賞。（種村季弘）
か-21-2

川上弘美
センセイの鞄
駅前の居酒屋で偶然、二十年ぶりに高校の恩師と再会したツキコさん。その歳の離れたセンセイとの、切なく、悲しく、あたたかい恋模様。谷崎潤一郎賞受賞の大ベストセラー。（木田　元）
か-21-3

角田光代
それもまたちいさな光
幼なじみの雄大と宙ぶらりんな関係を続ける仁絵。しかし、二人には恋愛に踏み込めない理由があった……。仕事でも恋愛でも岐路にたたされた女性たちにエールを贈るラブ・ストーリー。

か-32-8

（　）内は解説者。品切の節はご容赦下さい。

角田光代
おまえじゃなきゃだめなんだ
ジュエリーショップで指輪を見つめる二組のカップル。現実とロマンスの狭間で、決意を形にする時－すべての女子の、宝石のような確かで切ない想いを集めた恋愛短編集。
か-32-11

川村元気
四月になれば彼女は
精神科医・藤代に〝天空の鏡〟ウユニ湖から大学時代の恋人の手紙が届いた――失った恋に翻弄される十二か月がはじまる。恋愛なき時代に挑んだ「異形の恋愛小説」。（あさのあつこ）
か-75-3

菊池　寛
真珠夫人
気高く美しい男爵令嬢・瑠璃子は、借金のために憎しみ抜いた相手のもとへ嫁ぐ。数年後、希代の妖婦として社交界に君臨する彼女の心の内とは――。大ブームとなった昼ドラ原作。（川端康成）
き-4-4

桐野夏生
玉蘭
東京の生活に疲れ果てた有子は編集者の仕事も恋人も捨てて上海に留学する。ある日、枕元に大伯父の幽霊が現れ…。魔都上海を舞台に、過去と現在が交錯する異色の恋愛小説。（篠田節子）
き-19-22

小池真理子
ソナチネ
刹那の欲望、嫉妬、別離、性の目覚め……。著者がこれまで一貫してテーマにしてきた人間存在のエロス、生と死の気配が濃密に描かれる、圧巻の短篇集。（千早　茜）
こ-29-9

桜木紫乃
氷平線
真っ白に凍る海辺の町を舞台に、凄烈な愛を描いた表題作、オール讀物新人賞「雪虫」他、全六篇。北の大地に生きる男女の哀歓を圧倒的な迫力で描き出した、瞠目のデビュー作。（瀧井朝世）
さ-56-1

佐々木　愛
プルースト効果の実験と結果
東京まで新幹線で半日かかる地方都市に住む女子高生の不思議な恋愛を描いた表題作、オール讀物新人賞受賞作「ひどい句点」等こじれ系女子の青春を描いた短篇集。（間室道子）
さ-76-1

（　）内は解説者。品切の節はご容赦下さい。

料理なんて愛なんて
佐々木 愛
素敵な女性＝料理上手？　料理が嫌いな優花は、好きな相手に高級チョコを渡すもあっさり振られてしまう。彼の新しい恋人は、なんと料理教室の先生で……瑞々しくキュートな長編小説。
さ-76-2

神様の暇つぶし
千早 茜
夏の夜に現れた亡き父より年上のカメラマンの男。臆病な私の心に踏み込んで揺さぶる。彼と出会う前の自分にはもう戻れない。唯一無二の関係を鮮烈に描いた恋愛小説。（石内　都）
ち-8-5

不機嫌な果実
林 真理子
三十二歳の水越麻也子は、自分を顧みない夫に対する密かな復讐として、元恋人や歳下の音楽評論家と不倫を重ねるが……。男女の愛情の虚実を醒めた視点で痛烈に描いた、傑作恋愛小説。
は-3-20

野ばら
林 真理子
宝塚の娘役・千花は歌舞伎界の御曹子との恋に、親友の萌は年上の映画評論家との不倫に溺れている。上流社会を舞台に、幸福の絶頂とその翳りを描き切った、傑作恋愛長編。（酒井順子）
は-3-59

マチネの終わりに
平野啓一郎
天才クラシックギタリスト・蒔野聡史と国際ジャーナリスト・小峰洋子。四十代に差し掛かった二人の、美しくも切なすぎる恋。平野啓一郎が贈る大人のロングセラー恋愛小説。
ひ-19-2

ダブル・ファンタジー（上下）
村山由佳
女としての人生が終わる前に性愛を極める恋がしてみたい。三十五歳の脚本家・高遠奈津の性の彷徨が問いかける夫婦、男、自分自身。文学賞を総なめにした衝撃的な官能の物語。（藤田宜永）
む-13-3

（　）内は解説者。品切の節はご容赦下さい。

村山由佳
花酔ひ
浅草の呉服屋の一人娘結城麻子はアンティーク着物の商売を始めた。着物を軸に交差する二組の夫婦。身も心も焼き尽くすねじれた快楽の深淵に降り立つ、衝撃の官能文学。（花房観音）
む-13-5

山田詠美
風味絶佳
七十歳の今も真っ赤なカマロを走らせるグランマは、孫のままならない恋の行方を見つめる。甘く、ほろ苦い恋と人生の妙味が詰まった極上の小説六粒。谷崎潤一郎賞受賞作。（高橋源一郎）
や-23-6

山田詠美
ファーストクラッシュ
母を亡くし、高見澤家で暮らすことになった少年・新堂力は、父の愛人の子であった。三姉妹も母も魅了され、心をかき乱されていく。初恋の衝撃を鮮やかに描く傑作！（町屋良平）
や-23-11

綿矢りさ
勝手にふるえてろ
片思い以外経験ナシの26歳女子ヨシカが、時に悩み、時に暴走しながら現実の扉を開けてゆくキュートで奇妙な恋愛小説。文庫オリジナル「仲良くしようか」も収録。（辛酸なめ子）
わ-17-1

綿矢りさ
しょうがの味は熱い
煮え切らない男・絃と煮詰まった女・奈世が繰り広げる現代の同棲物語。二人は結婚できるのか？　トホホ笑いの果てに何かが吹っ切れる、迷える男女に贈る一冊。（阿部公彦）
わ-17-3

一穂ミチ・窪　美澄・桜木紫乃・島本理生
遠田潤子・波木　銅・綿矢りさ
二周目の恋
一筋縄ではいかない、大人の恋って？　島本理生、綿矢りさ、波木銅、一穂ミチ、遠田潤子、桜木紫乃、窪美澄ら第一線の現代人気作家たちが紡ぐ、繊細で豪華なアンソロジー！
わ-17-50

（　）内は解説者。品切の節はご容赦下さい。

赤川次郎
赤川次郎クラシックス
幽霊列車
山間の温泉町へ向う列車から八人の乗客が蒸発。中年警部・宇野は推理マニアの女子大生・永井夕子と謎を追う――。オール讀物推理小説新人賞受賞作を含む記念碑的作品集。（山前　譲）
あ-1-39

有吉佐和子
青い壺
無名の陶芸家が生んだ青磁の壺が売られ贈られ盗まれ、十余年後に作者と再会した時――。壺が映し出した人間の有為転変を鮮やかに描き出した有吉文学の名作、復刊！（平松洋子）
あ-3-5

芥川龍之介
羅生門《らしょうもん》 蜘蛛《くも》の糸《いと》 杜子春《とししゅん》 外十八篇
昭和、平成とあまたの作家が登場したが、この天才を越えた者がいただろうか？　近代知性の極に荒廃を見た作家の、光芒を放つ珠玉集。日本人の心の遺産「現代日本文学館」その二。
あ-29-1

朝井リョウ
武道館
【正しい選択】なんて、この世にない。「武道館ライブ」という合言葉のもとに活動する少女たちが最終的に〝自分の頭で〝選んだ道とは――。大きな夢に向かう姿を描く。（つんく♂）
あ-68-2

朝井リョウ
ままならないから私とあなた
平凡だが心優しい雪子の友人、薫は天才少女と呼ばれる。成長に従い、二人の価値観は次第に離れていき、決定的な対立が訪れるが……。一章分加筆の表題作ほか一篇収録。（小出祐介）
あ-68-3

阿部和重
オーガ（ニ）ズム（上下）
ある夜、瀕死の男が阿部和重の自宅に転がり込んだ。その男の正体はCIAケースオフィサー。核テロの陰謀を阻止すべく、作家たちは新都・神町へ。破格のロードノベル！（柳楽　馨）
あ-72-2

彩瀬まる
くちなし
別れた男の片腕と暮らす女。運命で結ばれた恋人同士に見える花。幻想的な世界がリアルに浮かび上がる繊細で鮮烈な短篇集。直木賞候補作・第五回高校生直木賞受賞作。（千早　茜）
あ-82-1

（　）内は解説者。品切の節はご容赦下さい。

朝比奈あすか
人間タワー
毎年6年生が挑んできた運動会の花形「人間タワー」。その是非をめぐり、教師・児童・親が繰り広げるノンストップ群像劇。無数の思惑が交錯し、胸を打つ結末が訪れる！（宮崎吾朗）
あ-84-1

会田　誠
げいさい
田舎出の芸大志望の僕は、カオス化した美大の学園祭の打ち上げに参加し、浪人生活を振り返る。心を揺さぶる表現とは。揺れ動く青年期を気鋭の現代美術家が鮮明に描いた傑作青春小説。
あ-94-1

五木寛之
蒼ざめた馬を見よ
ソ連の作家が書いた体制批判の小説を巡る恐るべき陰謀。直木賞受賞の表題作を初め、「赤い広場の女」「バルカンの星の下に」「夜の斧」など初期の傑作全五篇を収録した短篇集。（山内亮史）
い-1-33

井上　靖
おろしや国酔夢譚
船が難破し、アリューシャン列島に漂着した光太夫ら。厳寒のシベリアを渡り、ロシア皇帝に謁見、十年の月日の後に帰国できたのは、ただのふたりだけ。映画化された傑作。（江藤　淳）
い-2-31

井上ひさし
四十一番の少年
辛い境遇から這い上がろうと焦る少年が恐ろしい事件を招く表題作ほか、養護施設で暮らす子供の切ない夢と残酷な現実が胸に迫る珠玉の三篇。自伝的名作。（百目鬼恭三郎・長部日出雄）
い-3-30

色川武大
怪しい来客簿
日常生活の狭間にかいま見る妖しの世界——独自の感性と性癖、幻想が醸しだす類いなき宇宙を清冽な文体で描きだした、泉鏡花文学賞受賞の世評高き連作短篇集。（長部日出雄）
い-9-4

伊集院　静
受け月
願いごとがこぼれずに叶う月か……。高校野球で鬼監督と呼ばれた男が、引退の日、空を見上げていた。表題作他、選考委員に絶賛された「切子皿」など全七篇。直木賞受賞作。（長部日出雄）
い-26-4

（　）内は解説者。品切の節はご容赦下さい。

伊集院　静
羊の日
男の名はサイレントマン。神に祈りを捧げる殺人者――。戦後の闇社会を震撼させたヤクザの、哀しくも一途な生涯を描き、なお清々しい余韻を残す長篇大河小説。（西木正明）
い-26-15

池澤夏樹
南の島のティオ　増補版
ときどき不思議なことが起きる南の島で、つつましくも心豊かに成長する少年ティオ。小学館文学賞を受賞した連作短篇集に「海の向こうに帰った兵士たち」を加えた増補版。（神沢利子）
い-30-2

絲山《いとやま》秋子
沖で待つ
同期入社の太っちゃんが死んだ。私は約束を果たすべく、彼の部屋にしのびこむ。恋愛ではない男女の友情と信頼を描く芥川賞受賞の表題作。「勤労感謝の日」ほか一篇を併録。（夏川けい子）
い-62-2

絲山秋子
離陸
矢木沢ダムに出向中の佐藤弘の元へ見知らぬ黒人が訪れる。「女優の行方を探してほしい」。昔の恋人を追って弘の運命は意外な方向へ――。静かな祈りに満ちた傑作長編。（池澤夏樹）
い-62-3

伊坂幸太郎
死神の精度
俺が仕事をするといつも降るんだ――七日間の調査の後その人間の生死を決める死神たちは音楽を愛し大抵は死を選ぶ。クールでちょっとズレてる死神が見た六つの人生。（沼野充義）
い-70-1

伊坂幸太郎
死神の浮力
娘を殺された山野辺夫妻は、無罪判決を受けた犯人への復讐を計画していた。そこへ人間の死の可否を判定する〝死神〟の千葉がやってきて、彼らと共に犯人を追うが――。（円堂都司昭）
い-70-2

阿部和重・伊坂幸太郎
キャプテンサンダーボルト（上下）
大陰謀に巻き込まれた小学校以来の友人コンビ。不死身のテロリストと警察から逃げきり、世界を救え！　人気作家二人がタッグを組んで生まれた徹夜必至のエンタメ人作。（佐々木　敦）
い-70-51

（　）内は解説者。品切の節はご容赦下さい。

磯﨑憲一郎
日本蒙昧前史

大阪万博、ロッキード事件など、戦後を彩る事件をそれぞれの渦中の人物の視点で描く、芥川賞作家の傑作長篇にして、文体の真骨頂。第56回谷崎潤一郎賞受賞作。（川上弘美）

い-94-2

伊吹有喜
雲を紡ぐ

不登校になった高校2年の美緒は、盛岡の祖父の元へ向う。羊毛を手仕事で染め紡ぐ作業を手伝ううち内面に変化が訪れる。親子三代「心の糸」の物語。スピンオフ短編収録。（北上次郎）

い-102-2

岩井俊二
キリエのうた

歌うことでしか声を出せない路上シンガー・キリエ。マネージャーを自称するイッコ。二人と数奇な絆で結ばれた夏彦。別れと出逢いを繰り返し、それぞれの人生が交差し奏でる〝讃歌《うた》〟。

い-103-4

今村夏子
木になった亜沙

切なる願いから杉の木に転生した少女は、わりばしとなり若者と出会った——。他者との繋がりを希求する魂を描く歪で美しい作品集。単行本未収録のエッセイを増補。（村田沙耶香）

い-110-1

一色さゆり
ユリイカの宝箱
アートの島と秘密の鍵

落ち込む優彩のもとに、見知らぬ旅行会社から「アートの旅」の案内が届く。頼れるガイドの桐子とともに、優彩は直島を旅することになり——。アートと旅をめぐる連作短編集！

い-112-1

上田早夕里
播磨国妖綺譚
あきつ鬼の記

律秀と呂秀は、庶民と暮らす心優しい法師陰陽師の兄弟。村に流れる物騒な噂を聞き調べる中で、呂秀は「新しい主」を求める一匹の鬼と出会い、主従関係を結ぶことに。（細谷正充）

う-35-2

内田英治
ミッドナイトスワン

トランスジェンダーの凪沙は、育児放棄にあっていた少女・一果を預かることになる。孤独に生きてきた凪沙に、次第に母性が芽生えていく。切なくも美しい現代の愛を描く、奇跡の物語。

う-37-1

（　）内は解説者。品切の節はご容赦下さい。

江國香織
赤い長靴
二人なのに一人ぼっち。江國マジックが描き尽くす結婚という不思議な風景。何かが起こる予感をはらみつつ、怖いほど美しい十四の物語が展開する。絶品の連作短篇小説集。（青木淳悟）
え-10-1

小川洋子
妊娠カレンダー
姉が出産する病院は、神秘的な器具に満ちた不思議の国……妊娠をきっかけにゆらぐ現実を描く芥川賞受賞作。「妊娠カレンダー」「ドミトリイ」「夕暮れの給食室と雨のプール」。（松村栄子）
お-17-1

小川洋子
やさしい訴え
夫から逃れ、山あいの別荘に隠れ住む「わたし」とチェンバロ作りの男、その女弟子。心地よく、ときに残酷な三人の物語の行き着く先は？　揺らぐ心を描いた傑作小説。（青柳いづみこ）
お-17-2

小川洋子
猫を抱いて象と泳ぐ
伝説のチェスプレーヤー、リトル・アリョーヒン。彼はいつしか「盤下の詩人」として奇跡のように美しい棋譜を生み出す。静謐にして愛おしい、宝物のような傑作長篇小説。（山﨑　努）
お-17-3

奥田英朗
無理（上下）
壊れかけた地方都市・ゆめのに暮らす訳アリの五人。それぞれの人生がひょんなことから交錯し、猛スピードで崩壊してゆく様を描いた傑作群像劇。一気読み必至の話題作！
お-38-5

大宮エリー
思いを伝えるということ
つらさ、切なさ、何かを乗り越えようとする強い気もち、誰かのことを大切に想う励まし……エリーが本当に思っていることを赤裸々に、自身も驚くほど勇敢に書き記した、詩と短篇集。
お-51-3

荻原　浩
ひまわり事件
幼稚園児と老人がタッグを組んで、闘う相手は？　隣接する老人ホーム「ひまわり苑」と「ひまわり幼稚園」の交流を大人の事情が邪魔するが。勇気あふれる熱血幼老物語！（西上心太）
お-56-2

（　）内は解説者。品切の節はご容赦下さい。

尾崎世界観
祐介・字慰

クリープハイプ尾崎世界観、慟哭の初小説！　売れないバンドマンが恋をしたのはピンサロ嬢――。「尾崎祐介」が「尾崎世界観」になるまで。書下ろし短篇「字慰」を収録。（村田沙耶香）

お-76-1

開高　健
ロマネ・コンティ・一九三五年
六つの短篇小説

酒、食、阿片、釣魚などをテーマに、その豊饒から悲惨までを描きつくした名短篇集は、作家の没後20年を超えて、なお輝きを失わない。川端康成文学賞受賞の「玉、砕ける」他全6篇。（高橋英夫）

か-1-12

川上弘美
真鶴

12年前に夫の礼は、「真鶴」という言葉を日記に残し失踪した。京は母親、一人娘と暮らしを営む。不在の夫に思いを馳せつつ恋人と逢瀬を重ねる京は、東京と真鶴の間を往還する。（三浦雅士）

か-21-6

川上弘美
水声

亡くなったママが夢に現れるようになったのは、都が弟の陵と暮らしはじめてからだった――。愛と人生の最も謎めいた部分に迫る静謐な長編。読売文学賞受賞作。（江國香織）

か-21-8

角田光代
空中庭園

京橋家のモットーは「何ごともつつみかくさず」……普通の家族の表と裏、光と影を描いた連作家族小説。第三回婦人公論文芸賞受賞、小泉今日子主演で映画化された話題作。（石田衣良）

か-32-3

角田光代
対岸の彼女

女社長の葵と、専業主婦の小夜子。二人の出会いと友情は、些細なことから亀裂を生じていくが……。孤独から希望へ、感動の傑作長篇。直木賞受賞作。（森　絵都）

か-32-5

門井慶喜
東京、はじまる

下級武士ながら学問に励み洋行、列強諸国と日本の差に焦り、恩師コンドルから仕事を横取り！　日銀、東京駅など近代日本の顔を作り続けた建築家・辰野金吾の熱い生涯。（吉田大助）

か-48-8

（　）内は解説者。品切の節はご容赦下さい。

川上未映子
乳《ちち》と卵《らん》
娘の緑子を連れて大阪から上京した姉の巻子は、豊胸手術を受けることに取り憑かれている。二人を東京に迎えた「私」の狂おしい三日間を、比類のない痛快な日本語で描いた芥川賞受賞作。
か-51-1

川上未映子
夏物語
パートナーなしの妊娠、出産を目指す小説家の夏子。生命の意味をめぐる真摯な問いを、切ない詩情と泣き笑いの極上の筆致で描く、エネルギーに満ちた傑作。世界中で大絶賛の物語。
か-51-5

川村元気
四月になれば彼女は
精神科医・藤代に〝天空の鏡〟ウユニ湖から大学時代の恋人の手紙が届いた――失った恋に翻弄される十二か月がはじまる。恋愛なき時代に挑んだ「異形の恋愛小説」。（あさのあつこ）
か-75-3

川村元気
百花
「あなたは誰？」。息子を忘れていく母と、母との思い出を蘇らせていく息子。ふたりには、忘れることのできない〝事件〟があった。記憶という謎《ミステリー》に挑む傑作。（中島京子）
か-75-5

伽古屋圭市
クロワッサン学習塾
小学校の教員を辞め、小学4年生の息子と実家に戻った黒羽三吾。父が営むパン屋で働きはじめるが、店でみかける少女が気にかかっていた。彼にはかつての教え子への後悔もあって……。
か-84-1

菊池　寛
マスク
スペイン風邪をめぐる小説集
スペイン風邪が猛威をふるった100年前。菊池寛はうがいやマスクで感染予防を徹底。パンデミック下での実体験をもとに描かれた「マスク」ほか8篇、傑作小説集。（辻　仁成）
き-4-7

桐野夏生
夜の谷を行く
連合赤軍事件の山岳ベースで行われた仲間内でのリンチから脱走した西田啓子。服役後、人目を忍んで暮らしていたが、ある日突然、忘れていた過去が立ちはだかる。（大谷恭子）
き-19-21

（　）内は解説者。品切の節はご容赦下さい。

木内　昇《のぼり》
茗荷谷の猫
茗荷谷の家で絵を描きあぐねる主婦。染井吉野を造った植木職人。画期的な黒焼を生み出さんとする若者。幕末から昭和にかけ各々の生を燃焼させた人々の痕跡を掬う名篇9作。（春日武彦）
き-33-1

車谷長吉
赤目四十八瀧心中未遂
「私」はアパートの一室でモツを串に刺し続けた。女の背中一面には迦陵頻伽の刺青があった。ある日、女は私の部屋の戸を開けた——。情念を描き切る話題の直木賞受賞作。（川本三郎）
く-19-1

窪　美澄
さよなら、ニルヴァーナ
少年犯罪の加害者、被害者の母、加害者を崇拝する少女、その運命の環の外に立つ女性作家……各々の人生が交錯した時、何を思い、何を見つけたのか。著者渾身の長編小説！（佐藤　優）
く-39-1

久坂部　羊
善医の罪
延命治療の中止を決意し、患者を尊厳死に導いた女医・白石ルネ。しかし三年後、ルネは積極的に安楽死させたと告発され、逮捕、起訴される。圧倒的リアリティの医療×法廷サスペンス！
く-43-1

小池真理子
沈黙のひと
生き別れだった父が亡くなった。遺された日記には、父の心の叫び——娘への愛、後妻家族との相克、そして秘めたる恋が綴られていた。吉川英治文学賞受賞の傑作長編。（持田叙子）
こ-29-8

小手鞠るい
瞳のなかの幸福
恋愛も結婚も封印し、ひとりで一生生きていくため、理想の家を買った矢先、金色の目をした「小さくて温かいもの」が現れ……。「幸せ」の意味を問い直す、傑作長編。（長岡弘樹）
こ-43-3

佐木隆三
復讐するは我にあり
改訂新版
列島を縦断しながら殺人や詐欺を重ね、高度成長に沸く日本を震撼させた稀代の知能犯・榎津巌。その逃避行と死刑執行までを描いた直木賞受賞作の、三十数年ぶりの改訂新版。（秋山　駿）
さ-4-17

（　）内は解説者。品切の節はご容赦下さい。

佐藤愛子
晩鐘（上下）
老作家のもとに、かつての夫の訃報が届く。共に文学を志した青春の日々、莫大な借金を抱えた歳月の悲喜劇。彼は結局、何者だったのか？　九十歳を迎えた佐藤愛子、畢生の傑作長篇。
さ-18-27

佐藤愛子
凪の光景
謹厳実直に生きていた丈太郎、72歳。突然、64歳の妻・信子が意識改革!?　高齢者の離婚、女性の自立、家族の崩壊という今日まで続く問題を鋭い筆致でユーモラスに描く傑作小説。
さ-18-33

桜木紫乃
風葬
釧路で書道教室を開く夏紀。認知症の母が言った謎の地名に導かれ、自らの出生の秘密を探る。しかしその先には、封印された過去が。桜木ノワールの原点ともいうべき作品ついに文庫化。
さ-56-2

佐藤多佳子
聖夜
『第二音楽室』に続く学校×音楽シリーズふたつめの舞台はオルガン部。少年期の終わりに、メシアンの闇と光が入り混じるような音の中で18歳の一哉がみた世界のかがやき。（上橋菜穂子）
さ-58-2

最果タヒ
十代に共感する奴はみんな嘘つき
いじめや自殺が日常にありふれている世界で生きるカズハ。女子高生の恋愛・友情・家族の問題が濃密につまった二日間の出来事。カリスマ詩人が、新しい文体で瑞々しく描く傑作小説。
さ-72-1

佐々木　愛
料理なんて愛なんて
素敵な女性＝料理上手？　料理が嫌いな優花は、好きな相手に高級チョコを渡すもあっさり振られてしまう。彼の新しい恋人は、なんと料理教室の先生で……瑞々しくキュートな長編小説。
さ-76-2

城山三郎
鼠　鈴木商店焼打ち事件
大正年間、三井・三菱と並び称される栄華を誇った鈴木商店は、米騒動でなぜ焼打ちされたか？　流星のように現れ、昭和の恐慌に消えていった商社の盛衰と人々の運命。（澤地久枝）
し-2-32